JN249454

日本児童文学者協会70周年企画　児童文学 10の冒険

旅立ちの日

編
＝
日本児童文学者協会

偕成社

児童文学　10の冒険

旅立ちの日

児童文学10の冒険

旅立ちの日

もくじ

凡例

- 本シリーズは各巻に三〜五点の作品を収録した。
- 選集、全集などの単行本以外を底本とした場合は、出典一覧にその旨を記した。
- 一部の作品は著者が部分的に加筆修正した。
- 漢字には振り仮名を付した。
- 表記は原則として底本どおりとし、明らかな誤記は訂正した。また、本文中の一部に現在では不適当な表現もあるが、作品発表時の時代背景などを考慮し、底本どおりとした。

宇《う》宙《ちゅう》のみなしご

森《もり》　絵《え》都《と》

ときどき、わたしの中《なか》で千人《にん》の小人《こびと》たちがいっせいに足《あし》ぶみをはじめる。その足音《あしおと》が心《しん》臓《ぞう》に響《ひび》くと、体中《からだじゅう》の血《ち》がぶくぶくと泡《あわ》を吐《は》くみたいに、熱《あつ》いものがこみあげてきて抑《おさ》えきれなくて、わたしはいつもちょっとだけ震《ふる》える。

なにかしたくてたまらない。じっとしていられない。

海《うみ》があったらすぐにでも泳《およ》ぎだすだろう。

山《やま》があったら登《のぼ》るだろう。

ただまっすぐな道《みち》だけでもいい。わたしは走《はし》りだす。

なんでもよかった。

こういう衝動的《しょうどうてき》でせっかちな性分《しょうぶん》は、わたしが未熟児《みじゅくじ》で生《う》まれたせいかもしれない、と両親《りょうしん》は言《い》う。

今《いま》となってはだれも信《しん》じてくれないし、自分《じぶん》でも身《み》に覚《おぼ》えがないからぴんとこないけど、十四年前《ねんまえ》にママのお腹《なか》から這《は》いだしたとき、わたしはたしかに二千グラム未満《みまん》の未熟児《みじゅくじ》だった。小《ちい》さすぎるしわくちゃの手足《てあし》が涙《なみだ》を誘《さそ》ったらしい。

しかし、物心《ものごころ》のついたときには、わたしはすでに近所《きんじょ》の悪《わる》ガキからも一目《いちもく》置《お》かれるやんちゃ娘《むすめ》に化《ば》けていた。我《われ》ながらあっぱれな成長《せいちょう》ぶりだった。

「生《う》まれたときの遅《おく》れを力《ちから》ずくで奪《うば》いかえそうとするみたいに、あせってあせって、だれよりも早《はや》く立《た》とう、しゃべろうって、そんなふうだったのよねぇ」

と、ママがよく話《はな》してくれる。

弟《おとうと》のリンはわたしからちょうど一年後《ねんご》に生《う》まれた。姉《あね》とは正反対《せいはんたい》の四千グラム級《きゅう》ベイビー。成長《せいちょう》につれてますます丸《まる》くなり、人生最初《じんせいさいしょ》の試練《しれん》がダイエットとなった。

今《いま》では人並《ひとな》みの体型《たいけい》になったものの、体《からだ》が重《おも》たかったころの後遺症《こういしょう》か、いまだにリンは動《うご》きがスローだ。

両極端《りょうきょくたん》の生《う》まれかたをして、性格《せいかく》もかけはなれているけれど、わたしとリンは昔《むかし》から仲《なか》のいい姉弟《きょうだい》だった。

うちの両親《りょうしん》は自営業《じえいぎょう》で、都心《としん》に小《ちい》さな印刷所《いんさつじょ》を持《も》っている。やたらと忙《いそが》しい人《ひと》たちで、わたしたちが小《ちい》さいころからほとんど家《いえ》にいなかった。

おのずと、姉弟《きょうだい》ふたりきりですごす時間《じかん》が長《なが》くなる。

けんかは滅多《めった》にしなかった。リンは喜怒哀楽《きどあいらく》の「怒《ど》」をどこかに落《お》としてきたような子《こ》だったから。それでも昔《むかし》はわたしからよくちょっかいを出《だ》したものだけど、怒鳴《どな》りちらしても泣《な》きわめいても、止《と》めに入《はい》ってくれる人《ひと》がいないと、どこかむなしい。平和共存《へいわきょうぞん》というか、仲良《なかよ》くするしかなさそうだ、と次第《しだい》に学《まな》んでいった。

小学生《しょうがくせい》になると、わたしたちはまた少《すこ》し賢《かしこ》くなって、自分《じぶん》たちはどうも退屈《たいくつ》に弱《よわ》いらしい、ということを学《まな》んだ。退屈《たいくつ》するとわたしは短気《たんき》になり、リンは元気《げんき》をなくす。

そこで、わたしたちは頭《あたま》を使《つか》うことも学《まな》びはじめた。退屈《たいくつ》しないため、暇《ひま》な時間《じかん》をなんとかするために、つぎからつぎへと自己流《じこりゅう》の遊《あそ》びを生《う》みだしていったのだ。

そういうことに関《かん》してはふたりとも努力家《どりょくか》で、手間暇《てまひま》をおしまなかった。

たとえば、ふいにわたしが「海《うみ》で遊《あそ》びたい」と思《おも》いついたとする。ただの気《き》まぐれとはいえ、思《おも》いついたからにはあとに引《ひ》けない。でも、わたしたちはまだ子供《こども》で、海《うみ》までの道《みち》なんてわからないし、第一《だいいち》、お金《かね》がない。

そんなとき、わたしたちは海《うみ》にかわる「なにか」を必死《ひっし》で編《あ》みだした。

その「なにか」は、「空《あ》き地《ち》で相撲《すもう》」であったり、「人《ひと》んちの池《いけ》で勝手《かって》に魚釣《さかなつ》り」であったり、「目《め》つきの怪《あや》しい野良犬《のらいぬ》の尾行《びこう》」であったり、それはもう、なんでもありだった。

家庭《かてい》になんの不満《ふまん》もないのに、スリルとサスペンスを求《もと》めて家出《いえで》をしたこともある。

退屈《たいくつ》に負《ま》けないこと。

自分《じぶん》たちの力《ちから》でおもしろいことを考《かんが》えつづけること。

テレビやゲームじゃどうにもならない、むずむずした気持《きも》ち。絶対《ぜったい》に我慢《がまん》しないこと。

それがすべてだった。

1

夢《ゆめ》のむこうから、わたしを呼《よ》ぶリンの声《こえ》がする。

眠《ねむ》るのが大好《だいす》きで、起《お》こされるのが大嫌《だいきら》いなわたしは、睡眠《すいみん》の邪魔《じゃま》をされると鬼《おに》のように不機嫌《ふきげん》になるけれど、リンだけは許《ゆる》せた。リンの声《こえ》はいい。カーテンのむこうから透《す》ける朝《あさ》の光《ひかり》みたいに、ぼうっと明《あか》るくて、やわらかい。

「陽子《ようこ》、陽子《ようこ》。ちょっと起《お》きて。一分《ぷん》だけ」

「なあに」

「今《いま》、さおりさんから電話《でんわ》あってさ、今夜《こんや》、ふたりで夕飯食《ゆうめしく》いに来《こ》い、だって」

「さおりさん?」

しぶしぶ毛布《もうふ》をはいで顔《かお》を出《だ》すと、まだ朝《あさ》の六時半《じはん》なのに、リンは制服《せいふく》を着《き》こんでいる。

「なんか、説教《せっきょう》されそうでいやだなあ」

「でも、手巻《てま》き寿司《ずし》だってよ」

「さおりさん、すぐ食《た》べもので釣《つ》るから」

「陽子《ようこ》、すぐ釣《つ》られるから」

「そんなことないよ。わたし、さおりさんの料理《りょうり》だったら自分《じぶん》で作《つく》ったほうがおいしいと思《おも》うし、賞味期限《しょうみきげん》だって、うちの冷蔵庫《れいぞうこ》にあるもののほうが信用《しんよう》できるし」

「じゃあ、断《ことわ》る?」

「そんな失礼《しつれい》なことはしませんけど」

「……つまり、行《い》くんだね」

リンがふうっと息《いき》を吐《は》き、寝癖《ねぐせ》でほわほわした髪《かみ》を制帽《せいぼう》でおさえた。この帽子《ぼうし》だけはリンにふさわしくない、とわたしはつねづね不満《ふまん》に思《おも》っている。ほかの子《こ》よりも微妙《びみょう》に淡《あわ》い、きれいなアイスティ色《いろ》の瞳《ひとみ》が隠《かく》されてしまう。

「じゃあ、行《い》くって伝《つた》えとく。ぼく、今日《きょう》も部活《ぶかつ》で帰《かえ》るの七時《じ》すぎだから。そのあと一緒《いっしょ》に行《い》こう」

「うん」

「おやじとおふくろは今夜《こんや》も徹夜《てつや》で帰《かえ》らないって」

「OK《オーケー》」

「それから、念《ねん》のために言《い》っとくけど」

リンがぎこちなく深刻《しんこく》ぶった顔《かお》をしてみせる。

「陽子《ようこ》、時代《じだい》は刻々《こっこく》と流《なが》れてるんだよ」

「ありがとう。その一言《ひとこと》でハッと目《め》が覚《さ》めたみたい」

と言《い》いつつ、わたしはふたたび毛布《もうふ》の中《なか》へもぐりこんでいった。

あきれたようなリンの沈黙《ちんもく》。あきらめて部屋《へや》を出《で》ていく気配《けはい》。静《しず》かにドアを開《あ》ける。階《かい》段《だん》を駆《か》けおりていく足音《あしおと》。勢《いきお》いよく玄関《げんかん》を飛《と》びだす。朝《あさ》の風《かぜ》。

わたしはさっとベッドから飛《と》びおり、窓辺《まどべ》へと駆《か》けよった。

カーテンを開《ひら》くと、朝日《あさひ》を照《て》りかえす窓《まど》ガラスのむこうに、弾《はず》むように駆《か》けていくリンの後《うし》ろ姿《すがた》が見《み》える。これから陸上部《りくじょうぶ》の朝練《あされん》でいやってほど走《はし》らされるくせに。

走《はし》れ、弟《おとうと》よ。どこまでも。

わたしは心《こころ》でエールを送《おく》った。

天《てん》から地面《じめん》まで降《ふ》ってくるような空《そら》の青《あお》。そこから室内《しつない》へ目《め》をもどすと、妙《みょう》にくすんでいて、薄暗《うすぐら》い。

霧《きり》のむこうにうっすら棚引《たなび》いているようなカレンダーを、わたしはにらむようにじっと見《み》た。

時代《じだい》は刻々《こっこく》と流《なが》れている。リンの言《い》うとおりだ。せめて日《ひ》にちと曜日《ようび》ぐらいは確認《かくにん》しておかないと置《お》きざりにされてしまう。

今日《きょう》は九月《がつ》二十五日《にち》。火曜日《かようび》。

わたしが不登校《ふとうこう》をはじめて一週間《しゅうかん》が経《た》っていた。

不登校《ふとうこう》をしていて一番《いちばん》こまるのは、わたしに不登校《ふとうこう》をする理由《りゆう》がない、ということだった。全然《ぜんぜん》、ない。刑事《けいじ》ドラマ風《ふう》にいえば動機《どうき》がたりないし、スポ根《こん》ドラマ風《ふう》にいえば血《ち》と汗《あせ》がたりない。

中学《ちゅうがく》二年生《ねんせい》になって、夏休《なつやす》みが来《き》て、終《お》わった。中《ちゅう》一の夏休《なつやす》みが終《お》わった瞬間《しゅんかん》から今《いま》か今《いま》かと待《ま》ちわびていた夏休《なつやす》みが終《お》わってしまった。

ひさびさの制服《せいふく》がしっくりこないまま学校《がっこう》へ行《い》くと、なんの前《まえ》ぶれもなく、クラスの担《たん》任《にん》が入《い》れかわっていた。

夏休《なつやす》み前《まえ》まで担任《たんにん》だったすみれちゃんが、難病《なんびょう》のために長期《ちょうき》の休養《きゅうよう》に入《はい》ったというのだ。

先生《せんせい》になりたてのすみれちゃんはまだ若《わか》く、元気《げんき》で元気《げんき》で、昼休《ひるやす》みになると真《ま》っ先《さき》にグラウンドへ飛《と》びだしてサッカーに加《くわ》わり、午後《ごご》の授業《じゅぎょう》はしょっちゅう遅刻《ちこく》。学級委員《がっきゅういいん》に怒《おこ》られてしょんぼりするものの、十分後《ぶんご》にはもう立《た》ちなおっている懲《こ》りない先生《せんせい》だった。英語《えいご》の教師《きょうし》のくせに教科書《きょうかしょ》が苦手《にがて》で、すぐにビートルズの歌《うた》をうたいたがる。三割《わり》ぐらいの生徒《せいと》たちからは熱狂的《ねっきょうてき》に愛《あい》されていたけど、残《のこ》りの七割《わり》と、その両親《りょうしん》と、大抵《たいてい》の教《きょう》師《し》たちからは迷惑《めいわく》がられていて、なにかと風当《かぜあ》たりが強《つよ》かったのだ。「すみれバッシング」という流行語《りゅうこうご》まで生《う》まれたほどだった。

そのすみれちゃんが難病《なんびょう》だなんて。

わたしはあわててすみれちゃんのアパートに電話《でんわ》をした。

すみれちゃんは、ぴんぴんしていた。

「インドに行《い》くの」

と、すみれちゃんはうれしそうに教《おし》えてくれたのだ。

「ずっと行《い》きたいと思《おも》ってたの。まだ若《わか》いうちにね。勝手《かって》に先生《せんせい》やめちゃって、みんなにはほんとに申《もう》しわけないけど、でも、わたしの人生《じんせい》だから」

じつはわたしもひそかに、すみれちゃんは教師《きょうし》にむいてないかも、と思《おも》っていた。本《ほん》人《にん》はもっとひしひしと思《おも》っていたのだろうし、たしかにすみれちゃんの人生《じんせい》はすみれちゃんのものだ。ここはひとつ景気《けいき》よく送《おく》りだしてあげることにした。

が、それにしても、インドかあ、である。

なんだか気《き》がぬけた。

すみれちゃんのいない学校《がっこう》はつまらなかった。新《あたら》しい担任《たんにん》はベテランの男《おとこ》の人《ひと》で、よくも悪《わる》くもなかった。昼休《ひるやす》みには職員室《しょくいんしつ》でおとなしくほうじ茶《ちゃ》をすすっている。ますますもってつまらない。

そうなると、学校《がっこう》で友達《ともだち》といてもどこか上《うわ》の空《そら》で会話《かいわ》に身《み》が入《はい》らず、給食《きゅうしょく》もよく味《あじ》わうとまずいじゃないかとか、椅子《いす》の高《たか》さだとか、チャイムの音色《ねいろ》だとか、ジャージのラインだとか、黒板《こくばん》を消《け》したあとに舞《ま》うチョークの粉《こな》だとか、なにもかもが気《き》に入《い》らなくなってしまった。

今日《きょう》はサボろうと、ほんの出来心《できごころ》で学校《がっこう》を休《やす》んだのが一日目《にちめ》。

二日目《ふつかめ》はその続《つづ》きでだらだらと休《やす》んだ。

三日目《みっかめ》も。

七日目《なのかめ》の今《いま》でも。

一言《ひとこと》でいえば「サボり癖《ぐせ》がついた」と、それだけのことだった。

でも新《あたら》しい担任《たんにん》がフトーコーフトーコーと騒《さわ》ぐから、だんだんとわたしまでその気《き》になってきて、今《いま》では学校《がっこう》に行《い》くのが心《こころ》の底《そこ》からめんどうくさい。

毎朝《まいあさ》、八時《じ》五十分《ぷん》になると、新《あたら》しい担任《たんにん》から必《かなら》ず電話《でんわ》がかかってくる。

わたしは朝食《ちょうしょく》の後片《あとかた》づけをしている時間《じかん》で、学校《がっこう》では朝《あさ》のホームルームが終《お》わった時間《じかん》。

「飯島《いいじま》、おまえ今日《きょう》も来《こ》ないのか。いったいどうした？」

「それが……今日《きょう》は行《い》くつもりだったんですけど、制服《せいふく》を着《き》たとたん、急《きゅう》に腹痛《ふくつう》に襲《おそ》われて」

「きのうは頭痛《ずつう》じゃなかったか」

「はい、原因不明《げんいんふめい》の痛《いた》みが体《からだ》のあちこちを転々《てんてん》と」

「こまったな。クラスのみんなも心配《しんぱい》しているぞ」

見《み》えすいたうそだった。たしかに最初《さいしょ》のころは心配《しんぱい》した友達《ともだち》が訪《たず》ねてきたものだけど、わたしがあまりにも元気《げんき》でいつもどおりだから、今《いま》ではときどき電話《でんわ》をくれるくらいだ。

「とにかく一度《いちど》、ご両親《りょうしん》と話《はなし》がしたい。まだ忙《いそが》しいのか？」

「まだまだです。来月《らいげつ》のなかばになったら時間《じかん》がとれるかもって」

「おい、大事《だいじ》な問題《もんだい》だぞ」

「でも、わたしの問題《もんだい》だし」

実《みの》りのない会話《かいわ》が数分続《すうふんつづ》き、ようやくわたしは解放《かいほう》される。

ただちに掃除《そうじ》と洗濯《せんたく》にとりかかった。

自分《じぶん》のことは自分《じぶん》で決《き》める。それが我《わ》が家《や》の方針《ほうしん》だから、パパもママもわたしを強引《ごういん》に学校《がっこう》へ行《い》かせようとはしない。そのかわり、「家《いえ》にいるのなら、家《いえ》の仕事《しごと》は任《まか》せた」と厳《きび》しくおおせつかっているのだ。

でも、そんなのはちょろいもので、少《すこ》しも苦《く》ではなかった。

下駄箱《げたばこ》の靴《くつ》を片《かた》っぱしから磨《みが》いたり、押《お》しいれの整理《せいり》をしたり、家中《いえじゅう》のカーテンを順番《じゅんばん》に洗濯《せんたく》したり。なにごとも初体験《はったいけん》だから新鮮《しんせん》で、わたしは毎日《まいにち》はつらつと働《はたら》いた。クローゼットにあった有効期限切《ゆうこうきげんぎ》れの防虫剤《ぼうちゅうざい》も処分《しょぶん》して新《あたら》しいのに替《か》えたし、ほつれたまだったリンのジャージのゼッケンもかがってあげた。冷蔵庫《れいぞうこ》から賞味期限《しょうみきげん》の切《き》れた調味料《ちょうみりょう》を追放《ついほう》したのも大《おお》きな功績《こうせき》のひとつだ。やることがなくなると人目《ひとめ》をはばからず散歩《さんぽ》にくりだした。サイクリングにも出《で》かけた。

たらたらと遊《あそ》んですごした夏休《なつやす》みに比《くら》べて、この一週間《しゅうかん》、なんと中身《なかみ》が濃《こ》かったことか。

みなぎる充実感《じゅうじつかん》。

それでも、ここ数日《すうじつ》はさすがに家族《かぞく》の目《め》も冷《つめ》たくなり、担任《たんにん》からのプレッシャーも強《つよ》まって、肩身《かたみ》がせまくなってきた。そろそろ限界《げんかい》かな、とも思《おも》う。

さおりさんからの夕食《ゆうしょく》の招待《しょうたい》だって、ママの差《さ》し金《がね》にちがいないのだ。


さおりさんは大学時代《だいがくじだい》からのママの親友《しんゆう》で、バツなしの独身《どくしん》。自称《じしょう》「ばりばりのキャリアウーマン」。近場《ちかば》に住《す》んでいるせいか、昔《むかし》からなにかとうちに出入《でい》りをしていて、わたしとリンもどこへも行《い》くあてがないようなときには、ひやかし半分《はんぶん》に遊《あそ》びにいっていた。

うちから電車《でんしゃ》で三つ目《め》の駅《えき》から徒歩《とほ》五分《ふん》の四階建《かいだ》てマンション。

部活《ぶかつ》を終《お》えたリンが家《いえ》にもどるのを待《ま》ち、手巻《てま》き寿司《ずし》を目当《めあ》てに出発《しゅっぱつ》した。

都内《とない》とはいっても、このあたりはすこぶるのどかな一帯《いったい》で、ぴょんと跳《と》んだら埼玉《さいたま》が見《み》えそうな東京《とうきょう》の最果《さいは》てだ。人口《じんこう》も少《すく》ないせいか、ラッシュ・アワーをすぎた電車《でんしゃ》はそれほど混《こ》んでいなかった。

わたしとリンは空《あ》いている座席《ざせき》に並《なら》んで座《すわ》った。

リンからへんな封筒《ふうとう》を渡《わた》されたのは、このときだ。

「昼休《ひるやす》みにさ、陽子《ようこ》の友達《ともだち》が教室《きょうしつ》まで来《き》て、渡《わた》してくれって」

「友達《ともだち》？」

「うん。男子《だんし》だよ」

「男子《だんし》？」

どきっ、とするような心当《こころあ》たりもなく、いやな予感《よかん》だけが頭《あたま》をよぎった。

宛名《あてな》も差《さ》しだし人《にん》の名前《なまえ》もない茶封筒《ちゃぶうとう》。売《う》られたけんかを買《か》うような勢《いきお》いで、わたしは乱暴《らんぼう》に封《ふう》をちぎった。薄《うす》っぺらい便箋《びんせん》とチラシみたいな紙《かみ》が入《はい》っている。

チラシから広《ひろ》げてみた。とたん、わたしは「ひっ」とのけぞり、横《よこ》からのぞきこんだリンも「うっ」となった。

チラシの中央《ちゅうおう》に、どろどろに溶《と》けた怪獣《かいじゅう》みたいな絵《え》が描《か》かれている。ゴジラとモスラと牛乳《ぎゅうにゅう》を強引《ごういん》に混《ま》ぜあわせたような怪獣《かいじゅう》。なんだか羽《はね》がはえている。

その絵《え》に負《ま》けず、文章《ぶんしょう》のほうも強烈《きょうれつ》だった。


人類《じんるい》の末期《まっき》に立《た》ちあがらんとする戦士《せんし》たちへ告《つ》ぐ。

今《いま》こそ結集《けっしゅう》せよ！

前世《ぜんせ》の記憶《きおく》をたぐれ！
この世紀末《せいきまつ》に選《えら》ばれし者《もの》の使命《しめい》として――。
〔日時《にちじ》〕九月《がつ》二十八日《にち》　午後《ごご》七時《じ》
〔集合場所《しゅうごうばしょ》〕高田馬場駅早稲田口《たかだのばばえきわせだぐち》
〔会費《かいひ》〕社会人《しゃかいじん》３０００円《えん》
　　　　　学生《がくせい》２０００円《えん》
※詳《くわ》しいお問《と》いあわせは遠藤《えんどう》まで

「すごい。使命《しめい》だって」

「見《み》ちゃだめ」

教育上悪《きょういくじょうわる》そうなそれをリンの目《め》から隠《かく》しつつ、とにかく落《お》ちつこう、とわたしは自分《じぶん》に言《い》いきかせた。

念《ねん》のために便箋《びんせん》も開《ひら》いてみる。読《よ》むまでもなく、だれのしわざかわかっていたけれど。


前略《ぜんりゃく》。飯島《いいじま》さん、お元気《げんき》ですか？

学校《がっこう》にこないので心配《しんぱい》してます。

ぼくもときどき学校《がっこう》にいきたくなくなります。だから飯島《いいじま》さんの気持《きも》ちはよーくわかるけど、一人《ひとり》でなやんでいてもつらいだけです。

ぜひぼくたちのネットワークの集会《しゅうかい》にきてください。

まえからいってるけど、飯島《いいじま》さんならぜったいにみんなと気《き》があいます。自分《じぶん》じゃ気《き》がついてないみたいだけど、飯島《いいじま》さんはえらばれた戦士《せんし》のひとりなのです。飯島《いいじま》さんの目覚《めざ》めをみんなが待《ま》ってます。こわがらないで、勇気《ゆうき》をだしてください。

勇気《ゆうき》がでたらぼくに電話《でんわ》してください。

じっと待《ま》ってます。


平静《へいせい》をよそおって電車《でんしゃ》を降《お》りるなり、わたしは即刻《そっこく》、ホームのゴミ箱《ばこ》を探《さが》した。


「あら、ひさしぶり」

チャイムを鳴《な》らしてから待《ま》つこと三分《ぷん》。ようやく玄関《げんかん》の扉《とびら》が開《あ》き、くわえタバコのさおりさんが現《あらわ》れた。よれよれのトレーナーに色《いろ》あせたジーンズ。パーマのかかった茶色《ちゃいろ》い髪《かみ》をトップでおだんごにしている。

「ごめん、今《いま》ちょっとテレビ見《み》ててさ、クライマックスのいいとこだったのよ。連続殺人《れんぞくさつじん》容疑《ようぎ》で取調中《とりしらべちゅう》の男《おとこ》が昔《むかし》の恋《こい》バナつらつら語《かた》りはじめて、キレた女刑事《おんなけいじ》にカツ丼《どん》、投《な》げつけられて」

心《こころ》にしみる歓迎《かんげい》ぶりだった。

「それ全然《ぜんぜん》クライマックスじゃないと思《おも》うけど、さおりさん、タバコ減《へ》らすんじゃなかったっけ」

リンが言《い》って、

「お酒《さけ》も」

わたしがつけたした。

「えへ、やっぱ酒《さけ》くさい？」

ごまかし笑《わら》いをしているさおりさんの脇《わき》をすりぬけ、リビングへむかう。

十畳《じょう》ほどのちんまりとしたリビング。黒革《くろかわ》のソファーとモザイクのサイドテーブルを除《のぞ》けば、家具《かぐ》はどれも落《お》ちついたブラウンで統一《とういつ》されている。

この部屋《へや》の特長《とくちょう》は余計《よけい》なものがないことだ、と改《あらた》めて全体《ぜんたい》を見《み》まわしながら思《おも》った。うちにある意味不明《いみふめい》の壺《つぼ》だとか、ママの友達《ともだち》のお母《かあ》さんが作《つく》った造花《ぞうか》だとか、冷蔵庫《れいぞうこ》にぺたぺたくっついてるマグネットだとか、そういう「あってもなくてもいいもの」がない。そのかわりカーテンはオーダーメイドだったり、置《お》き時計《どけい》もイタリア製《せい》だったり、なきゃこまるものにはしっかりお金《かね》をかけている感《かん》じ。

十年前《ねんまえ》、わたしたちがはじめてここへ来《き》たときは、友達《ともだち》から譲《ゆず》りうけたという古《ふる》ぼけた家具《かぐ》しかなかった。さおりさんはおそるべき根気《こんき》と執念《しゅうねん》で理想《りそう》のマイルームを築《きず》きあげてきたのだ。そして、それが完成《かんせい》に近《ちか》づくほどに、結婚《けっこん》からは遠《とお》ざかっていった。と、これはママの見解《けんかい》。

「さおりさん、早《はや》いとこ方針《ほうしん》決《き》めてよかったんだよね。結婚《けっこん》なんて絶対《ぜったい》、むいてなさそうだし」

テーブルを彩《いろど》る桔梗《ききょう》にむかってわたしの意見《いけん》をつぶやくと、お皿《さら》を運《はこ》んできたさおりさんににらまれた。

「陽子《ようこ》、あんたあいかわらずかわいげないね」

「いいの、今《いま》はかわいくなくたってわたし、まだ若《わか》いから。無限《むげん》の可能性《かのうせい》あるから」

「まだまだ小娘《こむすめ》ってことだよ。十四歳《さい》なんてしょせん、手巻《てま》き寿司《ずし》でたとえりゃカイワレ大根《だいこん》みたいなもんだから」

「カイワレ大根《だいこん》？」

「マグロやイクラみたいな主役級《しゅやくきゅう》にはまだまだ及《およ》ばないってこと」

「マグロやイクラは足《あし》が速《はや》くて傷《いた》みやすいんじゃないっけ」

「腐《くさ》ってもマグロだ」

お互《たが》い本気《ほんき》でむかむかしはじめたところで、「腹《はら》へった」とリンがさけんだ。

「お願《ねが》い、カイワレでもマグロでもいいから早《はや》く食《く》わせて。ぼくもう腹《はら》ぺこで死《し》にそう」

くだらないことでわたしとさおりさんが火花《ひばな》を散《ち》らすたび、消防士《しょうぼうし》のようにそれを鎮《しず》めるのがリンの役目《やくめ》だ。どっちの味方《みかた》にもつかず、どっちの敵《てき》にもならず、いつも絶妙《ぜつみょう》な距離《きょり》にいる。幼稚園《ようちえん》でも小学校《しょうがっこう》でも今《いま》の中学《ちゅうがく》でも、リンはずっとそのポジションを守《まも》ってきた。ひとつまちがえればどっちつかずの八方美人《はっぽうびじん》だけど、リンだとなんとなく許《ゆる》されてしまう。

リンにせかされて食事《しょくじ》がはじまると、手巻《てま》き寿司《ずし》はあっというまになくなってしまった。さおりさんは酒《さけ》の肴《さかな》に具《ぐ》をつまむぐらいで、わたしは意地《いじ》になってカイワレ大根《だいこん》ばかり巻《ま》きつけていたから、ほとんどリンがひとりでたいらげたようなもの。

ふと気《き》がついたときには、早《はや》くもさおりさんのほおがいい具合《ぐあい》に上気《じょうき》していた。失敗《しっぱい》だ。カイワレ大根《だいこん》に気《き》をとられてワインのボトルにまで目《め》が届《とど》かなかった。

うんざりするだけなので省略《しょうりゃく》するけれど、ほどよく酔《よ》って調子《ちょうし》づいたさおりさんの説《せっ》教《きょう》トークは、すごい。だれにも止《と》められない。わたしの不登校《ふとうこう》を非難《ひなん》するのに自分《じぶん》の子《こ》供時代《どもじだい》ならまだしも、幕末《ばくまつ》の話《はなし》まで持《も》ちだしてくる。説得力《せっとくりょく》があるのかないのかぜんぜんわからない。

その夜《よる》も、大《おお》いに語《かた》りつくしたさおりさんの舌《した》がようやく鈍《にぶ》ってきたのは、深夜《しんや》の十二時《じ》も近《ちか》づいたころだった。

「じゃ、わたし、寝《ね》るから。あんたたちも泊《と》まってきな」

寝室《しんしつ》まで歩《ある》くのもしんどそうに這《は》っていく。

「泊《と》まってけだって。どうする？」

わたしとリンは顔《かお》を見《み》あわせた。

「ぼく、明日《あした》も学校《がっこう》なんだけど」

「そうだよね」

「それにぼく、こないだここに泊《と》まったとき、もう二度《にど》と泊《と》まるもんかって心《こころ》に誓《ちか》ったんだ」

「どうして?」

「さおりさん、ベッドで寝《ね》て、陽子《ようこ》、ソファーに寝《ね》て、ぼく、床《ゆか》しか残《のこ》ってなかった。しかもフローリング」

かわいそうなので帰《かえ》ることにした。


ぐっすり寝《ね》こんでいるさおりさんの枕《まくら》もとに一杯《ぱい》の水《みず》を残《のこ》して、わたしとリンは夜空《よぞら》のもとに出《で》た。

終電《しゅうでん》のひとつ前《まえ》の電車《でんしゃ》は、さおりさんみたいな酔《よ》っぱらいだらけ。自分《じぶん》たちのほうがよほどおかしな状態《じょうたい》のくせに、わたしとリンをじろじろと無遠慮《ぶえんりょ》にながめまわす。子供《こども》は差別《さべつ》されやすい。とくに深夜《しんや》は。

電車《でんしゃ》を降《お》りて改札《かいさつ》をくぐりぬけるときも、あやうく駅員《えきいん》に呼《よ》びとめられるところで、すばやく身《み》をかわした。

駅《えき》から家《いえ》まで、まっすぐに帰《かえ》れば十分《ぷん》。でも、わたしとリンが一緒《いっしょ》のとき、まっすぐに帰《かえ》ることはまずなかった。気《き》のむくままに曲《ま》がったり、路地《ろじ》に入《はい》ったり。小《ちい》さな発見《はっけん》にときめきながらそぞろ歩《ある》く。

この日《ひ》もわたしたちは遠《とお》まわりをして、真夜中《まよなか》の散歩《さんぽ》を楽《たの》しむことにした。

静《しず》まりかえった小道《こみち》。

墨絵《すみえ》みたいな影《かげ》を生《う》む街灯《がいとう》の光《ひかり》。

たった今《いま》、入《い》れかえたばかりのようにしゃきんと澄《す》んだ空気《くうき》。

あたり一面《いちめん》にまだほんのりと夏《なつ》のぬくもりが残《のこ》っている。

深夜《しんや》というのはやはり、ただの夜《よる》とはひと味《あじ》ちがった。家《いえ》も木《き》も駐車場《ちゅうしゃじょう》の車《くるま》たちも、なにもかもが眠《ねむ》っているように見《み》えるぶん、自分《じぶん》たちだけはたしかに目覚《めざ》めていて、見《み》て、歩《ある》いて、足音《あしおと》を刻《きざ》んで、生《い》きている気《き》がする。

夜空《よぞら》を照《て》らす月《つき》だけが、片目《かため》を開《あ》けたような半月《はんげつ》だった。

どのくらい歩《ある》きつづけただろう。

「あのさ、陽子《ようこ》」

リンがぼそっとつぶやいた。

「陽子《ようこ》の不登校《ふとうこう》、ひょっとして、ぼくのせい？」

反応《はんのう》するのに十秒《びょう》ほどかかった。意味《いみ》がつかめなかったのだ。

「え、なんでリンのせいなの?」

「だってぼく、中学《ちゅうがく》に入《はい》ってからずっと部活《ぶかつ》ばっかりだったでしょ。前《まえ》みたく陽子《ようこ》とおもしろいこと考《かんが》えたり、遊《あそ》んだり、最近《さいきん》そういうのなかったし。ストレスたまったんじゃないかって」

リンがあまりにもまじめに言《い》うものだから、わたしまで考《かんが》えこんでしまった。なにかをしたくてたまらない気持《きも》ち。体《からだ》の芯《しん》からつきあげてくるような、わくわくした思《おも》い。たしかにしばらく忘《わす》れていたかもしれない。

「うーん。言《い》われてみればそうだけど、でもそのせいで不登校《ふとうこう》なんてことないよ、全然《ぜんぜん》」

「ほんと? ならいいけど。でも、ぼくはちょっとストレスたまってたかも」

「そう?」

「うん。ぼく、走《はし》るの大好《だいす》きだけど。あれもタイム縮《ちぢ》める遊《あそ》びみたいなとこあるしね」

「うん」

「でもそれって、やっぱりちょっとちがうんだ。自分《じぶん》で考《かんが》えた遊《あそ》びとは、ちょっと」

「うん」

「うん」

なんとなくうなずきあって、わたしたちはまた無言《むごん》になった。

改《あらた》めてあたりに目《め》をやると、いつのまにか見憶《みおぼ》えのない町外《まちはず》れまで来《き》ている。さっきまでは軒《のき》をつらねる家《いえ》の隙間《すきま》に空《あ》き地《ち》がのぞいていたのに、今《いま》では巨大《きょだい》な空《あ》き地《ち》のところどころに家《いえ》が散《ち》っているような。アスファルトを鳴《な》らす足音《あしおと》は消《き》え、代《か》わりに踏《ふ》みしめた砂利《じゃり》が小《ち》さなうなりをあげている。

前方《ぜんぽう》に広《ひろ》がる畑《はたけ》の真《ま》ん中《なか》に、屋根《やね》がぽつんとたたずんでいた。家《いえ》ではなく、屋根《やね》だけがそこに浮《う》かんで見《み》えたのは、その家《いえ》をとりまく背《せ》の高《たか》い木々《きぎ》と、屋根《やね》の真上《まうえ》から注《そそ》ぐ月明《つきあ》かりのせいかもしれない。

どちらからともなく足《あし》を止《と》め、わたしとリンはその屋根《やね》をあおぎ見《み》た。なんにもない果《は》てのようなところで、目《め》につくものはそれくらいだったから。

と、いきなり屋根《やね》の上《うえ》で小《ち》さな影《かげ》がもそっと動《うご》いた。

猫《ねこ》。放《ほう》っておけば月《つき》まで行《い》ってしまいそうなしなやかさで、一匹《ぴき》の猫《ねこ》が屋根《やね》の上《うえ》を歩《ある》いている。自由気《じゆうき》ままに夜遊《よあそ》びを楽《たの》しんでいるように。

「いいね。なんか、気持《きも》ちよさそう」

そうつぶやいた瞬間《しゅんかん》だ。

わたしはあることを思《おも》いついた。思《おも》いついてしまった。

「ね、リン」

「ん？」

「新《あたら》しい遊《あそ》び、見《み》つけちゃったかも」

早速《さっそく》、リンに打《う》ちあける。

十中八九《じっちゅうはっく》、だれもが「ばかばかしい」と却下《きゃっか》するにちがいないひらめき。

でも、生《う》まれながらの遊《あそ》び仲間《なかま》にだけはぴたりと伝《つた》わった。

リンの瞳《ひとみ》が一等星《いっとうせい》よりも強《つよ》く光《ひか》ったのだ。

その夜《よる》、わたしたちははじめて屋根《やね》にのぼった。

2

パパとママが会社《かいしゃ》に泊《と》まりこみの日《ひ》、朝《あさ》から雨《あめ》が降《ふ》っていたりすると、わたしとリンはごちそうを前《まえ》にオアズケを命《めい》じられた子犬《こいぬ》のような気分《きぶん》になる。

「雨降《あめふ》って地《じ》かたまるだよ、陽子《ようこ》」

「だよね。雨《あめ》ニモマケズ風《かぜ》ニモマケズだね」

どんなにお互《たが》いをはげましあっても、その歯《は》がゆさはどうにもならない。

チャンスはあるのに、のぼれないなんて！

はじめて屋根《やね》にのぼったあの夜《よる》から二週間《しゅうかん》。最《もっと》も新《あたら》しい、そして最《もっと》も刺激的《しげきてき》なこの遊《あそ》びに味《あじ》をしめたわたしたちは、すっかり屋根《やね》のぼりのとりこになっていた。

ある程度《ていど》の基本《きほん》さえマスターしてしまえば、屋根《やね》のぼりはさほど難《むずか》しくない。のぼりかたにはいろんなパターンがあるけど、丸《まる》や逆三角形《ぎゃくさんかくけい》の屋根《やね》があるわけじゃないし、やっぱり基本《きほん》が一番《いちばん》なのだ。

基本《きほん》その一。のぼりやすい屋根《やね》を選《えら》ぶべし。

言《い》うまでもない基本中《きほんちゅう》の基本《きほん》だ。

基本《きほん》その二。人気《ひとけ》のない場所《ばしょ》を選《えら》ぶべし。

深夜《しんや》だからだいたい人気《ひとけ》は少《すく》ないけれど、酔《よ》っぱらいや忙《いそが》しいビジネスマンはどんな時間帯《じかんたい》にも出没《しゅつぼつ》する。駅《えき》やバス停《てい》の付近《ふきん》、家《いえ》の密集《みっしゅう》した住宅地《じゅうたくち》などは避《さ》けるべし。街灯《がいとう》の角度《かくど》にも注意《ちゅうい》。近所《きんじょ》の家《いえ》から明《あ》かりがもれていないかも要《よう》チェック。庭《にわ》で犬《いぬ》を飼《か》っている家《いえ》なんて問題外《もんだいがい》。

基本《きほん》その三。物音《ものおと》を立《た》てるべからず。

不審《ふしん》な物音《ものおと》を立《た》てて住民《じゅうみん》を起《お》こしたらアウトだ。動作《どうさ》はできるだけゆっくりと、慎重《しんちょう》に。私語《しご》は慎《つつし》むべし。

基本《きほん》その四。のぼりながらも逃《に》げ道《みち》を考《かんが》えておくべし。

どんな屋根《やね》でもそうだけど、のぼるよりも、おりるほうが難《むずか》しい。備《そな》えあれば憂《うれ》いなし、あわてて足《あし》を踏《ふ》み外《はず》したりしないように、つねに最悪《さいあく》の事態《じたい》をシミュレーションしておく。

わたしとリンはすでに一度《いちど》、危《あぶ》ない目《め》にあっていた。いろいろえらそうに言《い》ってはいても、実際《じっさい》、わたしたちが屋根《やね》にのぼったのはまだ三回《かい》きりで、そのうちの一回《かい》だから危険率《きけんりつ》はやはり低《ひく》くない。

その夜《よる》は見《み》るからにのぼりやすい屋根《やね》を発見《はっけん》し、少《すこ》し気《き》がゆるんでいたのかもしれない。家《いえ》の裏庭《うらにわ》にがっしりした大木《たいぼく》があり、その枝《えだ》が屋根《やね》の上《うえ》までのびていた。まるで「さあ、おのぼりなさい」と手《て》をさしのべるように。「おそれいります」とばかりにわたしたちはまずブロック塀《べい》をよじのぼって大木《たいぼく》の枝《えだ》へ移《うつ》り、そのままするすると木《き》のぼりをして、屋根《やね》へ――と、そこまでは楽勝《らくしょう》だった。

ところが、先頭《せんとう》のリンが屋根《やね》に一歩足《ぽあし》をかけた瞬間《しゅんかん》、ぼこん、と不吉《ふきつ》な音《おと》が鳴《な》りわたったのだ。

なんと、瓦《かわら》ではなくてトタン屋根《やね》だった。

トタンがそんな音《おと》を立《た》てるなんて知《し》らなかった。だれが知《し》るだろう。

わたしたちがうろたえてじたばたすればするほど、トタンはぼこんぼこん鳴《な》りひびき、そうこうしているうちに突然《とつぜん》、足《あし》もとが光《ひか》った。下《した》をのぞくと、その光《ひかり》は一階《かい》の出窓《でまど》から射《さ》してくる。

家《いえ》の住民《じゅうみん》が目覚《めざ》めてしまったのだ。

どうしよう、なんて考《かんが》えているひまはなかった。頭《あたま》はパニックでも行動《こうどう》はすばやく、わたしたちは転《ころ》げおちるようにして屋根《やね》から木《き》の枝《えだ》へ、ブロック塀《べい》へと逆戻《ぎゃくもど》りした。地面《じめん》に足《あし》をおろすなり、一心不乱《いっしんふらん》に走《はし》りだす。あんなに心臓《しんぞう》がどきどきしたのは生《う》まれてはじめてかもしれない。

だれにも追《お》われていないことがわかったとたん、わたしたちは大《おお》きな駐車場《ちゅうしゃじょう》の一角《いっかく》にへたりこんだ。ふたりとも干《ひ》からびたカエルみたいにひどい顔《かお》をしていた。

荒《あら》い息《いき》が整《ととの》ってくるにつれ、そんな自分《じぶん》たちが無性《むしょう》におかしくなってくる。はじめは照《て》れかくしにニタニタ笑《わら》い、その笑《わら》い声《ごえ》が高《たか》まって、やがてわたしたちは爆笑《ばくしょう》しはじめた。あんなに長《なが》いこと笑《わら》っていたのも生《う》まれてはじめてかもしれない。

でもまあ、あのときは逃《に》げきれたから笑《わら》えたものの、もし捕《つか》まっていたらどうなっていたことか。

真夜中《まよなか》に、なんの意味《いみ》もなく、人《ひと》んちの屋根《やね》にのぼっているのである。謝《あやま》るくらいじゃすまないだろうし、泣《な》いてもしょうがない。かといって開《ひら》きなおるのもどうかと思《おも》う。

一番《いちばん》こまるのは、「なぜこんなことをしたのか？」と聞《き》かれること。大人《おとな》はすぐに理由《りゆう》を聞《き》く。それがフェアな態度《たいど》ってものだと思《おも》っている。でも、残念《ざんねん》ながら大抵《たいてい》のことには理由《りゆう》がない。

ところで、突然《とつぜん》ながらわたしはまた学校《がっこう》に通《かよ》いはじめた。

先週《せんしゅう》の月曜日《げつようび》。朝《あさ》っぱらから玄関《げんかん》のチャイムが鳴《な》り、こんな時間《じかん》にだれだろうと窓《まど》からのぞくと、門前《もんぜん》に西郷《さいごう》どんの銅像《どうぞう》が立《た》っていた。

よく見《み》ると新《あたら》しい担任《たんにん》だった。ついに家《いえ》まで迎《むか》えにきてしまったのだ。まるでNHK《エヌエイチケー》の学園《がくえん》ドラマみたい、と感心《かんしん》している場合《ばあい》ではなかった。わたしの不登校《ふとうこう》なんて理由《りゆう》のかけらもないただのサボりなのに、このままでは大事《おおごと》になってしまう。なんとかしなくては。

本腰《ほんごし》を入《い》れて考《かんが》えた結果《けっか》、おとなしく登校《とうこう》するのが一番《いちばん》だろうと観念《かんねん》した。どんなに学校《がっこう》がつまらなくたって、今《いま》のわたしには屋根《やね》がある。そう思《おも》うと、いつのまにか冬服《ふゆふく》になっていたセーラー服《ふく》の着心地《きごこち》もそんなに悪《わる》くない。

「なあ、飯島《いいじま》」

「はい？」

「前任《ぜんにん》の富塚先生《とみづかせんせい》のことだが……」

学校《がっこう》へ行《い》く道《みち》の途中《とちゅう》で新《あたら》しい担任《たんにん》が言《い》った。もはやそんなに新《あたら》しい担任《たんにん》でもなくなっていたけど。

「難病《なんびょう》とはいっても、それほど重《おも》たい難病《なんびょう》じゃないんだ。かなり軽度《けいど》の難病《なんびょう》というのかな、徐々《じょじょ》に回復《かいふく》にむかっているようだし、そう気《き》にすることはない。飯島《いいじま》は富塚先生《とみづかせんせい》を慕《した》っていたようだが、心配《しんぱい》することはないよ」

わたしは今《いま》ごろインドでカレーでも食《た》べているにちがいないすみれちゃんの姿《すがた》を思《おも》いうかべた。

「それを聞《き》いて、安心《あんしん》しました」

うそのなぐさめにうその笑顔《えがお》を返《かえ》しつつ、すみれちゃんもたまにはわたしたちを思《おも》いだしてくれてるのかな、と考《かんが》えてみる。すみれちゃんのいない教室《きょうしつ》で勉強《べんきょう》したり、給食《きゅうしょく》を食《た》べたり残《のこ》したり、飛《と》んだりはねたりしているわたしたちの姿《すがた》を思《おも》いうかべたりするのかな。

わからない。

となりで疲《つか》れた顔《かお》をしている担任《たんにん》だって、本当《ほんとう》はアマゾンでピラニア釣《つ》りをしたいと思《おも》っているかもしれないのだし。

ともかく、このようにして二週間《しゅうかん》におよぶわたしの不登校《ふとうこう》は幕《まく》を閉《と》じた。

遠《とお》い空《そら》から雨雲《あまぐも》が迫《せま》ってくる。

わたしは屋上《おくじょう》の手《て》すりを握《にぎ》りしめ、来《く》るな、来《く》るなと念《ねん》じていた。今日《きょう》も雨《あめ》が降《ふ》ったら、これで三日《みっか》続《つづ》きだ。

眼下《がんか》に広《ひろ》がるグラウンドでは、昼休《ひるやす》みを待《ま》ちわびていた生徒《せいと》たちがちゃかちゃかと動《うご》きまわっている。バレーボール。サッカー。鉄棒《てつぼう》。なわとび。追《お》いかけっこ。笑《わら》い声《ごえ》がここまで届《とど》く。平和《へいわ》な昼休《ひるやす》み。

今日《きょう》や明日《あした》の空模様《そらもよう》を案《あん》じている中学生《ちゅうがくせい》なんて、わたしとリンぐらいだろう。

「なに見《み》てんの」

ふいに背中《せなか》からいまわしい声《こえ》がして、ふりむくと、いまわしい顔《かお》があった。

栄養不足《えいようぶそく》のおたまじゃくしみたいな目《め》。いつも荒《あ》れている唇《くちびる》。ひょろりと背《せ》が高《たか》く、そのくせ肩幅《かたはば》はせまくて、全体《ぜんたい》に青白《あおじろ》い。

人呼《ひとよ》んで、キオスク。

どんなテクニックを持《も》っているのか、こいつはいつも足音《あしおと》をたてずに忍《しの》びよってくる。

「なんか用《よう》？」

「用《よう》っていうか、あの、前《まえ》から気《き》になってたんだけど」

キオスクはのっぺらとした表情《ひょうじょう》のまま、わたしの横《よこ》にならんでフェンスに両手《りょうて》をかけた。

「飯島《いいじま》さん、あの二週間《しゅうかん》、なにしてたの？　学校休《がっこうやす》んでたとき」

「べつに、なんにも。ただ家《いえ》にいただけ」

「家《いえ》でなにしてたの？」

「だから、なんにもっ」

「あ、ごめん。でも、病気《びょうき》じゃなくてよかったよ。あの、それで、手紙《てがみ》を……」

「なに？」

「手紙《てがみ》を、弟《おとうと》さんに渡《わた》したんだけど、読《よ》んでくれた？」

「読《よ》んだよ」

「ほんと？　で……」

「捨《す》てた」

「ええっ」

「悪《わる》い？」

「う……うん、ううん」

「どっちよ」

イライラしてきた。

キオスクといるとだれもがイライラする。テンポが悪《わる》いというか、ピントがずれているというか。みんなで話《はなし》をしていてもキオスクが口《くち》を開《ひら》くと決《き》まって白《しら》けるし、もりあがっていたムードが急降下《きゅうこうか》してしまう。

一年《ねん》のクラスでも、今《いま》のクラスでもそうだった。次第《しだい》にキオスクはだれからも相手《あいて》にされなくなり、今《いま》では不良《ふりょう》ぶった男子《だんし》たちのいい使《つか》いっぱしりになっていた。給食当番《きゅうしょくとうばん》。日直《にっちょく》。トイレ掃除《そうじ》。いやな仕事《しごと》を押《お》しつけられても、キオスクは文句《もんく》を言《い》うどころか、こびた笑顔《えがお》まで作《つく》って見《み》せる。それがよけいにみんなをイラつかせた。

「あいつってさ、ひと駅《えき》にひとつあると便利《べんり》なキオスクみたいだよな」

だれかの一言《ひとこと》にバカうけしたのが、あだ名《な》の由来《ゆらい》。

でも、なによりも気《き》にさわるのは、このキオスクがこのわたしを、どういうわけだか自《じ》分《ぶん》の同士《どうし》だと信《しん》じこんでいることだった。

「こないだのオフ会《かい》、飯島《いいじま》さん来《こ》なくて残念《ざんねん》だったよ」

フェンスの錆《さび》を指先《ゆびさき》でなでながらキオスクが言《い》った。

「行《い》くわけないでしょ」

「どうして?」

「興味《きょうみ》ないから。いつも言《い》ってるじゃない」

「でもぼく、それは飯島《いいじま》さんがみんなを知《し》らないからだと思《おも》うよ。すごくいい人《ひと》たちなのに」

「みんなって、だれよ」

「いろいろいるよ。ぼくみたいな中学生《ちゅうがくせい》はめずらしいけど、高校生《こうこうせい》も大学生《だいがくせい》もいるし。会社員《かいしゃいん》やOL《オーエル》、エンジニア、そういえば歯医者《はいしゃ》さんもいた」

「歯医者《はいしゃ》さんねえ」

「でも、それってみんな……」

「仮《かり》の姿《すがた》なんでしょ」

聞《き》きあきていた。

だれにもないしょだよ、とキオスクがインターネットの怪《あや》しげなオフ会《かい》に参加《さんか》したことを打《う》ちあけてきたのは、二年生《ねんせい》にあがってすぐのことだった。あんなに生《い》き生《い》きしたキオスクを見《み》たのははじめてで、わたしは驚《おどろ》きのあまりついつい話《はなし》を聞《き》いてしまった。あれが命《いのち》とりだった。

ぼくたちはね、やがて訪《おとず》れる世紀末《せいきまつ》の大戦《たいせん》のために生《う》まれてきたんだ。今《いま》の自分《じぶん》なんて仮《かり》の姿《すがた》なんだよ。もうすぐ一致団結《いっちだんけつ》して戦《たたか》わなきゃいけない日《ひ》がやってくる。もうすぐだよ。いろんな前兆《ぜんちょう》が起《お》こってるんだ。

そんな話《はなし》を何度《なんど》聞《き》かされたことだろう。

「キオスク。あんた鏡《かがみ》を見《み》たりさ、日記《にっき》でもつけたりして、自分《じぶん》のどこが戦士《せんし》なのかよく考《かんが》えたほうがいいよ」

わたしのいやみもキオスクには通《つう》じない。

「鏡《かがみ》に映《うつ》るぼくは本当《ほんとう》のぼくじゃないもん。ただの仮《かり》の姿《すがた》なんだから」

「その仮《かり》の姿《すがた》ってなんなのよ、いったい」

「だから、体《からだ》だけっていうか。魂《たましい》はもっとべつのところにあるっていうか……。飯島《いいじま》さんもオフ会《かい》に来《く》ればわかるよ。もっとわかりやすく説明《せつめい》してくれるから」

「わたし、仮《かり》の人《ひと》たちとは遊《あそ》ばない」

吹《ふ》きこんでくる風《かぜ》がプリーツスカートを持《も》ちあげる。乱《みだ》れた前髪《まえがみ》が目《め》の前《まえ》にかぶさって、わたしはその合間《あいま》からキオスクをにらみつけた。

「マンガじゃあるまいしさ、いつもはただのサラリーマンだけど本当《ほんとう》はスーパーマンとか、いつもはふつうの女《おんな》の子《こ》だけど本当《ほんとう》は魔法使《まほうつか》いとか。そんなの本気《ほんき》で信《しん》じてる人《ひと》たちとは遊《あそ》ばない」

キオスクがくやしげに目《め》をふせた。わたしではなくてフェンスの錆《さび》をにらむ、弱気《よわき》なくやしがりかただ。もっと怒《おこ》ればいいいんだと、わたしを残酷《ざんこく》な気分《きぶん》にさせる。

「キオスク。あんたはね」

わたしは笑顔《えがお》でとどめをさした。

「いつもはただの中学生《ちゅうがくせい》で、じつにただの中学生《ちゅうがくせい》なのよ」

五時間目《じかんめ》の授業中《じゅぎょうちゅう》、とうとう雨《あめ》が降《ふ》りだした。

いつになったらぴかぴかの屋根日和《やねびより》が訪《おとず》れるんだろう?

ショックでうなだれていると、後《うし》ろの席《せき》からみっちゃんがわたしの背中《せなか》をつついて、ノートの切《き》れはしに書《か》いた手紙《てがみ》をよこした。

陽子《ようこ》、さっき昼休《ひるやす》み終《お》わったとき、
キオスクと一緒《いっしょ》にもどってきたでしょ。
うかつなことするとうわさになるよ。
陽子《ようこ》までキオスクあつかいされるぞ。
用心《ようじん》しろよー。

わたしもただちに返事《へんじ》を書《か》いて渡《わた》した。
こんなことをしているからノートがすぐにぼろぼろになるのだ。

うわさですかねー。
わたしってばスキャンダラスな女《おんな》でまいっちゃう。
ほほほ。

数分後《すうふんご》、またしても返信《へんしん》。


ばかたれめ。

スキャンダラスなのは弟《おとうと》のリンくんだろーが。

姉《あね》のくせに先《さき》こされちゃってなさけねーやつ。


意味不明《いみふめい》だった。

どうしてリンがスキャンダラスで、わたしが情《なさ》けないのだろう。

「みっちゃん。さっきの手紙《てがみ》、あれなに？」

授業《じゅぎょう》が終《お》わるのを待《ま》って、わたしは体《からだ》を回転《かいてん》させた。

「なにって？」

みっちゃんはアフターファイブのOL《オーエル》みたいに、胸《むね》にたらした三《み》つ編《あ》みをせっせとほどいている。

「リンのこと。スキャンダラスがどうとか」

「あぁ、だから、七瀬《ななせ》さんとのことだよ」

「七瀬《ななせ》さん？」

反射的《はんしゃてき》に窓際《まどぎわ》へ目《め》をやった。

いつも窓辺《まどべ》でかたまっているおとなしい子《こ》たちのグループ。優雅《ゆうが》でほのぼのとしたそのたたずまいから『若草物語《わかくさものがたり》』と名《な》づけられている四人組《よにんぐみ》の中《なか》で、一番内気《いちばんうちき》そうな七瀬《ななせ》さんはさしずめベス役《やく》だった。

でも、今日《きょう》の七瀬《ななせ》さんはほかの三人《にん》から外《はず》れて、ひとりで帰《かえ》り支度《じたく》をしている。

「七瀬《ななせ》さんがどうしたの」

「えっ、陽子《ようこ》、知《し》らなかったの？　七瀬《ななせ》さんとリンくんね、今《いま》、ちょっといい感《かん》じなんだって。リンくん、上級生《じょうきゅうせい》に人気《にんき》あるから、わりと話題《わだい》になってるよ」

「は？」

あっけにとられて言葉《ことば》もなかった。

たしかにリンは年上《としうえ》の女《おんな》の子《こ》たちから人気《にんき》がある。顔《かお》と声《こえ》が「かわいらしくて、ぐっとくる」らしい。でも、いまだかつて特定《とくてい》の相手《あいて》とうわさになったことはなかった。だってまだ中学《ちゅうがく》一年生《ねんせい》なのだ。

「七瀬《ななせ》さん」

わたしがその名前《なまえ》を口《くち》の中《なか》でくりかえすと、

「そう。その七瀬《ななせ》さんがね……」

みっちゃんはわたしの耳《みみ》もとに口《くち》をよせて、

「今《いま》、『若草物語《わかくさものがたり》』の連中《れんちゅう》にハブにされてんの。リンくんのことでひんしゅく買《か》ったみたい。やっぱエイミーやジョーをさしおいて、一番奥手《いちばんおくて》のベスがスキャンダル起《お》こすのはまずいよね。陽子《ようこ》が学校《がっこう》サボってるうちに、こっちじゃいろいろあったのよ」

「はあ」

「じゃあわたし、これからママと食事《しょくじ》してカラオケだから。また明日《あした》ね」

みっちゃんは元気《げんき》いっぱいに立《た》ちあがり、わたしの肩《かた》をバシバシたたいて去《さ》っていった。

リンと七瀬《ななせ》さんがちょっといい感《かん》じで、
わりと話題《わだい》で、
七瀬《ななせ》さんはハブで、
これからカラオケ？

頭《あたま》の中《なか》を整理《せいり》するのに時間《じかん》がかかりそうだった。

縁起《えんぎ》をかついで傘《かさ》を持《も》ってこなかったから、濡《ぬ》れて帰《かえ》るのは覚悟《かくご》の上《うえ》だった。

昇降口《しょうこうぐち》にひしめく生徒《せいと》たちは皆《みな》、色《いろ》とりどりの傘《かさ》を手《て》にしている。枯《か》れ木《き》に花《はな》を咲《さ》かせるように、グレーの空《そら》へと傘《かさ》を広《ひろ》げる。

どうしてわたしだけ傘《かさ》がないんだろう。

そっか、縁起《えんぎ》をかついで持《も》ってこなかったんだ、と思《おも》った。

なんだかシリメツレツだ。整理《せいり》するどころか、頭《あたま》の中《なか》では七頭《とう》のカバが思《おも》い思《おも》いにフラダンスを踊《おど》っているかのようだった。

「飯島《いいじま》さん」

下駄箱《げたばこ》で靴《くつ》をはきかえていると、後《うし》ろからキオスクがやってきた。

「あの、さっきの話《はなし》なんだけどね。ぼくのいう戦士《せんし》っていうのは、スーパーマンや魔法《まほう》使《つか》いとはちょっとちがうんだよ。もっとまじめっていうか。ちゃんと人間《にんげん》っていうか」

わたしの足元《あしもと》を見《み》おろしながら言《い》う。靴《くつ》とお話《はな》ししているのかもしれない。

「そう」

小声《こごえ》で返《かえ》してから、「そうだ」とわたしはふいに思《おも》いたって聞《き》いた。

「あんた、リンと七瀬《ななせ》さんのうわさ、知《し》ってた？」

「え？　あ、あの、うん」

「そう、あんたでさえ知《し》ってたんだ」

「クラスの女子《じょし》たちが話《はな》してたから」

「ふうん」

「飯島《いいじま》さん、もしかして知《し》らなかったの？」

カシャン。下駄箱《げたばこ》のふたをもどしたら、思《おも》ったよりも大《おお》きな音《おと》が出《で》た。

「飯島《いいじま》さん、傘《かさ》は？」

そういうキオスクも傘《かさ》を持《も》っていない。

「あんたも持《も》ってこなかったの？」

「ううん、持《も》ってきたんだけど。あの、岡本《おかもと》くんが今日《きょう》だけ貸《か》してっていうから」

「ばっかじゃない。だからあんたはキオスクなのよ」

「雨《あめ》やむまで一緒《いっしょ》に待《ま》ってる？」

「さっさと帰《かえ》る」

「けっこう降《ふ》ってるよ」

「たいしたことないよ」

「そう？」

「見《み》りゃわかるでしょ！」

見《み》た目《め》よりもずっと雨《あめ》は強《つよ》く冷《つめ》たくて、濡《ぬ》れて帰《かえ》るのも楽《らく》じゃなかった。

3

「うわ、また煮物《にもの》だ」

汗《あせ》のにおいをぷんぷんさせて帰《かえ》ってきたリンが、台所《だいどころ》をのぞいていやな顔《かお》をした。

「また？」

はて、とわたしは鍋《なべ》の中《なか》に目《め》を落《お》とす。今夜《こんや》のメインは煮《に》こみハンバーグ。野菜《やさい》をたっぷり煮《に》つめたトマトソースがぐつぐついっている。

そういえば昨日《きのう》は肉《にく》じゃが、おとといは大根《だいこん》とアラの煮物《にもの》だった。

「陽子《ようこ》、最近《さいきん》なんかあったの？」

「べつに、なんにも。なんで？」

「だって陽子《ようこ》、元気《げんき》ないときとか落《お》ちこんでるときとかって、煮物《にもの》ばっか作《つく》るから」

「え」

「それで調子《ちょうし》がいいときは炒《いた》め物《もの》なんだよね、大抵《たいてい》」

言《い》われてみればそうかもしれない。

今日《きょう》だって、はじめはただのハンバーグにする予定《よてい》だったのに、焼《や》いただけではなんだかものたりなくて、煮《に》こみたい、煮《に》こみたい、という欲求《よっきゅう》がお腹《なか》の底《そこ》からむらむらと……。

「すごいっ。ぜんぜん気《き》がつかなかった。リンって意外《いがい》とするどいね」

「今《いま》まで気《き》がつかなかったってとこがすごいよね」

一緒《いっしょ》にリビングへ料理《りょうり》を運《はこ》び、パパとママを待《ま》たずに食《た》べはじめた。

四人《よにん》がけのテーブルにはS席《エスせき》、A席《エーせき》、B席《ビーせき》、そしてアリーナがある。テレビを真正面《ましょうめん》から見《み》られる椅子《いす》がアリーナで、首《くび》をかたむける角度《かくど》が大《おお》きくなるにつれてS席《エスせき》、A席《エーせき》、B《ビー》席《せき》、と格落《かくお》ちしていく。家族全員《かぞくぜんいん》がそろっているときはパパとママにいい席《せき》をゆずり、リンとふたりのときはその日《ひ》の食事当番《しょくじとうばん》がアリーナの権利《けんり》を手《て》にすることになっていた。

リンが陸上部《りくじょうぶ》に入《はい》ってからは、わたしが毎晩《まいばん》、アリーナを独占《どくせん》している。

「食事当番《しょくじとうばん》、いつもやらせちゃってごめんね」

三つ目《め》のハンバーグをほおばりながら、S席《エスせき》のリンがすまなそうに言《い》った。トマトソースで口《くち》のまわりがべたべただ。

「べつにいいよ。アリーナでテレビ見《み》れるし」

「明日《あした》はぼくが作《つく》るよ」

「部活《ぶかつ》は？」

「休《やす》み。顧問《こもん》が来《こ》ないから」

「ふうん」

「それでね、明日《あした》うちに友達《ともだち》つれてきて、一緒《いっしょ》にごはん食《た》べていい？」

「うん、いいよ」

わたしがうなずくと、リンはいたずらっぽく両目《りょうめ》を広《ひろ》げて笑《わら》った。

「その友達《ともだち》ってね、陽子《ようこ》のクラスメイトだよ」

「クラスメイト？」

もしや……。

「七瀬《ななせ》さん？」

とっさに口《くち》をついて出《で》た。

三日前《みっかまえ》、みっちゃんに例《れい》のうわさを聞《き》いてからというもの、わたしの心《こころ》にへばりついて離《はな》れなかった名前《なまえ》だ。リンには言《い》えずにいた。もしもデマだったら、リンは傷《きず》つくかもしれない。

でも、リンはテレビのバラエティーショーに見入《みい》りながら、陽気《ようき》な笑《わら》い声《ごえ》まであげて、いともあっさり言《い》ってのけたのだ。

「なあんだ、陽子《ようこ》、知《し》ってたんだ」

ばか、ものすごいうわさなんだよ、とも言《い》えず、わたしはこの無頓着《むとんちゃく》すぎる弟《おとうと》をあきれ顔《がお》でながめた。

「最近《さいきん》、仲《なか》いいんだって？　七瀬《ななせ》さんと」

「うん、今《いま》、陸上部《りくじょうぶ》で一緒《いっしょ》に走《はし》ってるんだ。長距離《ちょうきょり》やってるやつって少《すく》ないから、けっこう仲《なか》よくなったよ」

「七瀬《ななせ》さんが陸上部《りくじょうぶ》？」

ベスのイメージに似《に》あわない。

「まだ入部《にゅうぶ》してそんなに経《た》ってないけど、がんばってるよ」

「ふうん」

「その七瀬《ななせ》さんがね、陽子《ようこ》にあこがれてるんだって」

「え」

意外《いがい》な言葉《ことば》にわたしはとまどった。

「なにそれ、へんなの。七瀬《ななせ》さんとはほとんど口《くち》きいたこともないのに」

「七瀬《ななせ》さんもそう言《い》ってた。だからしゃべってみたいって。それでぼく、じゃあうちに来《く》ればいいじゃんって、夕食《ゆうしょく》に招待《しょうたい》したの」

「教室《きょうしつ》で毎日会《まいにちあ》ってるのに？」

「教室《きょうしつ》じゃ声《こえ》をかけづらいんだって」

おかしな話《はなし》だった。

七瀬《ななせ》さんがわたしにあこがれていて、
わたしとしゃべりたくて、
明日《あした》いきなり夕食《ゆうしょく》を食《た》べにくる？

みっちゃんの話《はなし》とはずいぶんちがう。頭《あたま》の中《なか》で十一匹《ぴき》の白熊《しろくま》がシンクロナイズドスイミングをはじめそうになり、わたしはあわててテレビのボリュームをあげた。

翌日《よくじつ》、教室《きょうしつ》で目《め》にした七瀬《ななせ》さんは、やっぱりいつもの七瀬《ななせ》さんだった。『若草物語《わかくさものがたり》』の三人《にん》からはまだ無視《むし》されているらしく、窓《まど》ぎわの席《せき》にひとりぽつんと座《すわ》っている。やせていて顔《かお》も小《ちい》さく、髪《かみ》もよくあるショートボブだから、じっとしていてもちょっと目《め》を離《はな》せば見失《みうしな》ってしまいそうだ。

休《やす》み時間《じかん》は窓《まど》の外《そと》をながめてすごしていた。まるで落下寸前《らっかすんぜん》の枯《か》れ葉《は》を主人公《しゅじんこう》に、メルヘンチックな空想《くうそう》でもしているような横顔《よこがお》。この七瀬《ななせ》さんが放課後《ほうかご》、うちに夕食《ゆうしょく》を食《た》べにくる？

うそでしょう、と思《おも》った。宮殿《きゅうでん》のお姫《ひめ》さまがジャングルに足《あし》を踏《ふ》みいれるようなものだ。

しかし、姫《ひめ》は来《き》たのである。

わたしが家《いえ》に帰《かえ》って三十分後《ぷんご》、スーパーの袋《ふくろ》をかかえた家臣《かしん》のリンをしたがえて、七《なな》瀬《せ》さんが玄関《げんかん》に姿《すがた》を現《あらわ》した。

「おじゃまします」

出迎《でむか》えたわたしにぺこりと頭《あたま》をさげる。顔《かお》は緊張《きんちょう》でこわばっているのに、意外《いがい》と声《こえ》はしっかりしていた。七瀬《ななせ》さんの声《こえ》をはじめて聞《き》いた気《き》がした。

「じゃ、今日《きょう》はぼくがごちそう作《つく》るから、ふたりともゆっくりしてて」

リンが台所《だいどころ》に消《き》えると、わたしは七瀬《ななせ》さんをリビングのアリーナに案内《あんない》した。

わたしが紅茶《こうちゃ》をいれているあいだ、七瀬《ななせ》さんはうつむいてスカートのひだを整《ととの》えたり、セーラーのスカーフを結《むす》びなおしたり。今《いま》に深呼吸《しんこきゅう》でもはじめそうで、こっちまで落《お》ちつかない。

「どうぞ」

紅茶《こうちゃ》のカップをさしだしながら、さて、とわたしは考《かんが》えた。なにを話《はな》せばいいのだろう？

天気《てんき》の話《はなし》。季節《きせつ》の話《はなし》。学校《がっこう》の話《はなし》。なにか共通《きょうつう》の話題《わだい》――。

「七瀬《ななせ》さん、今《いま》、グループで仲間外《なかまはず》れになってる？」

声《こえ》にしてすぐ失敗《しっぱい》に気《き》がついた。カップの柄《え》をにぎる七瀬《ななせ》さんの指《ゆび》がぴくりとしたから。やっぱり天気《てんき》の話《はなし》から順序《じゅんじょ》よくやっていくべきだったのだ。

「うん」

気《き》まずい沈黙《ちんもく》のあと、七瀬《ななせ》さんは小《ちい》さくうなずいた。

「陽子《ようこ》ちゃんも気《き》がついてたんだ」

「友達《ともだち》に聞《き》いたの。リンとのうわさが原因《げんいん》って、本当《ほんとう》？」

「ううん、それはちがう、と思《おも》う。あのうわさ、ぜんぶうそだから。みんながおもしろがっていろいろ言《い》ってるだけ。わたしたち、本当《ほんとう》にただ一緒《いっしょ》に走《はし》ってるだけなの」

「陸上部《りくじょうぶ》、入《はい》ったんでしょ」

「うん。でもわたし、グループのみんなに相談《そうだん》しないで決《き》めちゃったから。放課後《ほうかご》も練習《れんしゅう》でみんなと帰《かえ》れないし。それが原因《げんいん》かなって」

客観的《きゃっかんてき》というか、淡々《たんたん》と話《はな》す。こうしてむかいあってみると、七瀬《ななせ》さんは思《おも》ったほど疲《つか》れる相手《あいて》ではなかった。仲間外《なかまはず》れにされても悲劇《ひげき》のヒロインぶらずに落《お》ちついてるし。が
「しょうがないの。わたしたちのグループ、わりとごたごたが多《おお》くて、今《いま》までもほかの子《こ》が仲間外《なかまはず》れになったりしていたから」

「そうなの？」

「うん。だから、今度《こんど》はわたしの順番《じゅんばん》」

「優雅《ゆうが》そうに見《み》えても大変《たいへん》なんだね」

「陰《かげ》ではね。どこのグループもいろいろあるみたいだけど」

「みたいだね」

「でも陽子《ようこ》ちゃんはどこのグループにも入《はい》ってないでしょう」

「うん。わたし、無所属《むしょぞく》だから」

トイレにまで手《て》をとりあっていくような関係《かんけい》が苦手《にがて》で、わたしはどのグループにも属《ぞく》し

ていなかった。グループに関係《かんけい》なく、気《き》の合《あ》う子《こ》とだけ遊《あそ》ぶ。リンみたいに「だれとでも仲良《なかよ》く」じゃなくて、「だれかとだけ仲良《なかよ》く」だ。こういうやりかたも、ひとつまちがえばひんしゅくを買《か》うことになるのだけど。

「どうしたらそんなふうにできるのかなって、わたし、ずっとふしぎに思《おも》っていたの」

「簡単《かんたん》だよ」

「え」

「けんかならだれにも負《ま》けない、って顔《かお》してればいいの。むりにでも」

「ああ……うん。陽子《ようこ》ちゃん、いつもそういう顔《かお》してる」

「えっ」

冗談半分《じょうだんはんぶん》で言《い》ったのに、本気《ほんき》で納得《なっとく》されてしまった。

「だからわたし、ちょっと教室《きょうしつ》では声《こえ》をかけづらかったの」

そうか、とわたしも納得《なっとく》した。

こわがられていたのか。

夕食《ゆうしょく》のメニューは、リンの得意《とくい》なチャーハンと、溶《と》きたまごのスープ。

にんにくとごま油《あぶら》の匂《にお》いが充満《じゅうまん》したリビングで、わたしたちはなごやかに食事《しょくじ》をした。会話《かいわ》がとぎれなかったのは、リンがひとりでしゃべりまくっていたからだ。七瀬《ななせ》さんをリラックスさせるためか、リンはわたしたちが小《ちい》さいころにしでかしたいたずらの数々《かずかず》を披《ひ》露《ろう》した。

近所《きんじょ》の家《いえ》を片《かた》っぱしからノックして「トイレを貸《か》してくださいっ」と頼《たの》みこみ、どこの家《いえ》のトイレが一番立派《いちばんりっぱ》だったか〈立派《りっぱ》なトイレコンテスト〉をした話《はなし》。

自分《じぶん》たちだけの隠《かく》れ家《が》がほしかった時期《じき》、幽霊屋敷《ゆうれいやしき》と呼《よ》ばれていた古屋《ふるや》に忍《しの》びこもうとしていたら、ちゃんと人《ひと》が住《す》んでいて追《お》いかえされた話《はなし》。

なんの意味《いみ》もなく「大変《たいへん》だ、大変《たいへん》だ！」とさけびながら、家《いえ》のまわりを何周《なんしゅう》も走《はし》りつづけた話《はなし》（その後《ご》、「なにが大変《たいへん》なのか」という問《と》いあわせの電話《でんわ》が家《いえ》に殺到《さっとう》した）。

こういうネタならつきることがない。本当《ほんとう》にはた迷惑《めいわく》な子供《こども》たちだった。

思《おも》えば、この小《ちい》さな町全体《まちぜんたい》がわたしたちの遊《あそ》び場《ば》だったのだ。

七瀬《ななせ》さんはスプーンを口《くち》に運《はこ》ぶひまもないほどよく笑《わら》っていた。そうしてやっとお皿《さら》が空《から》になると、「あのね」と姿勢《しせい》を正《ただ》してわたしにむきなおった。

「わたし、陽子《ようこ》ちゃんにお願《ねが》いがあるの」

「お願《ねが》い？」

「うん。今日《きょう》、お邪魔《じゃま》したの、そのためでもあるんだけど……」

重大《じゅうだい》な告白《こくはく》でもするように、七瀬《ななせ》さんが声《こえ》をひそめる。

「わたしね、この前《まえ》、リンくんに屋根《やね》の話《はなし》を聞《き》いたの」

一瞬《いっしゅん》、すうっと体《からだ》が冷《つめ》たくなった。

リンが屋根《やね》のぼりのことを話《はな》した。わたしたち以外《いがい》のだれかに打《う》ちあけていた。秘密《ひみつ》にしようと約束《やくそく》したわけじゃないけど、今《いま》までこんなことは一度《いちど》もなかった。

むかいの席《せき》にいるリンが気《き》まずそうに下《した》をむく。

七瀬《ななせ》さんは遠慮《えんりょ》がちに続《つづ》けた。

「はじめはわたし、びっくりした。どうして屋根《やね》になんかのぼるんだろうって。でもね、そのことずっと考《かんが》えているうちに、頭《あたま》から離《はな》れなくなっちゃったの。屋根《やね》にのぼるってことが。夜中《よなか》に屋根《やね》にのぼるってことが、頭《あたま》にくっついて離《はな》れないの」

真剣《しんけん》な瞳《ひとみ》をむけられて、わたしは目《め》をそらせなかった。その瞳《ひとみ》の奥《おく》にふりしぼった勇《ゆう》気《き》みたいなものが見《み》える。逃《に》げられない。

「お願《ねが》い」

と、七瀬《ななせ》さんは言《い》った。

「わたしも一緒《いっしょ》にのぼらせて」

人《ひと》は見《み》かけによらない、とか、外見《がいけん》で人《ひと》を判断《はんだん》してはいけない、とか、何度《なんど》も聞《き》かされてきたことだけど、やはり百聞《ひゃくぶん》は一見《いっけん》にしかず。生身《なまみ》の七瀬《ななせ》さんは迫力《はくりょく》がちがった。

七瀬《ななせ》さんはおとなしいどころか、かなり大胆《だいたん》な子《こ》かもしれない。

しかも、がんこだった。

屋根《やね》のぼりの申《もう》し出《で》はリンにとっても初耳《はつみみ》だったらしく、リンはわたし以上《いじょう》にとまどった様子《ようす》で、なんとか思《おも》いとどまるように説得《せっとく》した。

「危《あぶ》ないよ」

「こわいよ」

「親《おや》が泣《な》くよ」

などと言葉《ことば》をつくすのだけど、やっている本人《ほんにん》の言《い》うことなので、ぜんぜん説得力《せっとくりょく》がない。七瀬《ななせ》さんは「でも、やってみたいの」の一点《いってん》ばり。

結局《けっきょく》、答《こた》えが出《で》ないまま七瀬《ななせ》さんは帰《かえ》っていき、わたしが台所《だいどころ》で食器《しょっき》を洗《あら》っていると、

「陽子《ようこ》」

ふきんを手《て》にしたリンが横《よこ》に並《なら》んだ。

「屋根《やね》のこと、七瀬《ななせ》さんに話《はな》しちゃってごめんね。七瀬《ななせ》さん、このごろ元気《げんき》なかったから、おもしろい話《はなし》しようと思《おも》って、つい」

「いいよ、もう」

たいしたことじゃない、とわたしは自分《じぶん》に言《い》いきかせる。

「屋根《やね》のこと話《はな》したら、七瀬《ななせ》さん、元気《げんき》出《で》た？」

「それが、別人《べつじん》のように」

「なんでかな」

「うーん」

そのおおげさな反応《はんのう》はなんだろう。七瀬《ななせ》さんはどうして屋根《やね》にのぼりたがるんだろう。

「どうする？　七瀬《ななせ》さん」

リンの問《と》いかけに、わたしは返事《へんじ》をためらった。

これまではいつでも、どんな遊《あそ》びでも、わたしとリンのふたりきりで考《かんが》えて、実行《じっこう》に移《うつ》してきた。

そこにもうひとり加《くわ》わる。

複雑《ふくざつ》な気分《きぶん》だった。

でも……。

「七瀬《ななせ》さんがそんなにのぼりたいんなら、一緒《いっしょ》にのぼればいいんじゃない」

わたしは思《おも》いきってそう言《い》った。

「屋根《やね》はみんなのものだから」

「屋根《やね》は、持《も》ち主《ぬし》のものだよ」

リンが水《みず》をさす。

「でも、のぼりたいって気持《きも》ちは、七瀬《ななせ》さんのものでしょ。七瀬《ななせ》さんがどうしてもやりたいって言《い》ってること、わたしたちが我慢《がまん》させたり、できないじゃない」

言《い》いながらエプロンで手《て》をぬぐい、あごを上向《うわむ》きにかたむけていく。

洗《あら》い場《ば》の上《うえ》にある窓《まど》からは、となりの家《いえ》の赤《あか》い屋根《やね》が、その上《うえ》に広《ひろ》がる暗《くら》い夜空《よぞら》が、その中《なか》で輝《かがや》く星《ほし》ぼしが見渡《みわた》せる。遠《とお》いきらめきをあおぎながら、わたしもリンも我慢《がまん》のできない子供《こども》だったな、とふと思《おも》った。今《いま》でも、それだけはできない。

なにかにときめいて、わくわくして、でもそれを我慢《がまん》したらつぎからは、そのわくわくが少《すこ》し減《へ》ってしまう気《き》がしていた。

なにかしようと足踏《あしぶ》みをする、わたしの中《なか》の千人《にん》の小人《こびと》たちが八百人《にん》に減《へ》ってしまう。二回我慢《かいがまん》したら六百人《にん》に。三回我慢《かいがまん》したら四百人《にん》に。

そうして最後《さいご》にはわたしのちっぽけな体《からだ》だけが残《のこ》される。

空《から》っぽのこの体《からだ》だけ。

暗《くら》いところにひとりきりで。

4

七瀬《ななせ》さんの「屋根初《やねはつ》のぼり」は十月《がつ》二十七日《にち》に決定《けってい》した。二十七、二十八、二十九の三日間《みっかかん》は死《し》ぬほど忙《いそが》しくて家《いえ》に帰《かえ》れない、とパパたちが前《まえ》から言《い》っていたのだ。心配《しんぱい》なのは天気《てんき》だけ。

この朝《あさ》、カーテンのむこうにさわやかな秋晴《あきば》れの空《そら》を見《み》たときは心底《しんそこ》ホッとした。

七瀬《ななせ》さんもさぞ喜《よろこ》んでいるだろう。

学校《がっこう》へ行《い》ってみると案《あん》のじょう、遠《とお》くからでもその興奮《こうふん》が伝《つた》わってきた。陸上部《りくじょうぶ》の朝練《あされん》のせいかもしれないけど、ほっぺがときめきのピンク色《いろ》だ。

「ついに初《はつ》のぼりだね」

「うん、ついに」

給食《きゅうしょく》のあと、七瀬《ななせ》さんと窓《まど》ぎわで日向《ひなた》ぼっこをしながら、意味《いみ》もなくへらへら笑《わら》いあった。

五時間目《じかんめ》は体育《たいいく》の授業《じゅぎょう》だから、クラスのみんなはすでにグラウンドで遊《あそ》んでいて、教室《きょうしつ》に残《のこ》っているのはわたしたちとキオスクだけ。キオスクはせっせと給食《きゅうしょく》の配膳台《はいぜんだい》を片《かた》づけている。今日《きょう》はだれに押《お》しつけられたのか、こいつは一年《ねん》じゅう給食当番《きゅうしょくとうばん》なのだ。

「緊張《きんちょう》してる?」

「うん、ちょっと。でもね、すごく楽《たの》しみ。わたし、がんばるから」

「がんばることとないよ。ただの遊《あそ》びだもん」

「リンくんもそう言《い》ってた」

「気楽《きらく》にやろう」

「うん」

ふたりしてにやにやしていると、ぞうきんを片手《かたて》にキオスクが近《ちか》づいてきた。

「あの、飯島《いいじま》さん」

「なによ」

「あの、その、ええっと、それが……」

はっきりしな、と言《い》いかけたところで、「じゃあわたし、先《さき》に着替《きが》えてる」と七瀬《ななせ》さんが気《き》をきかせて教室《きょうしつ》を出《で》ていった。

「キオスク。あんたね、言《い》いたいことあるならさっさと言《い》いなよ」

「いやあの、今度《こんど》の土曜日《どようび》ね、また例《れい》のオフ会《かい》があるんだ」

手《て》にしたぞうきんをもぞもぞといじりながら、キオスクが小声《こごえ》でしゃべりだす。今日《きょう》はぞうきんとお話《はな》ししているのかもしれない。

「それで、今度《こんど》こそ飯島《いいじま》さんもって思《おも》ったんだけど。どう？」

「行《い》くわけないじゃない。何回《なんかい》も断《ことわ》ってるでしょ」

「でも、今回《こんかい》は作家《さっか》のえらい先生《せんせい》も来《く》るんだよ。世紀末《せいきまつ》の小説《しょうせつ》とか書《か》いてる」

「あんた、えらい人《ひと》に会《あ》って楽《たの》しいの？」

「楽《たの》しいっていうか……とにかくすごい人《ひと》なんだよ。人類滅亡《じんるいめつぼう》の前兆《ぜんちょう》を集《あつ》めたデータとか、実際《じっさい》に世紀末《せいきまつ》の大戦《たいせん》がはじまったときの具体的《ぐたいてき》なプランとか、そういうのいっぱい持《も》ってるんだ」

この手《て》の話《はなし》になると、たちまちキオスクの舌《した》はなめらかになる。声《こえ》に熱《ねつ》がこもる。視線《しせん》だけがぞうきんのあたりでふらついていた。

「具体的《ぐたいてき》なプランって、どういうの？」

「ぼくたち戦士《せんし》はね、ひとりひとり、べつの使命《しめい》を持《も》ってるんだ。いざ大戦《たいせん》が起《お》こったら、みんなその使命《しめい》にしたがって行動《こうどう》するんだよ。つまり、みんなが自分《じぶん》だけの役目《やくめ》を持《も》ってるってこと。その作家《さっか》の先生《せんせい》、だれがどんな役目《やくめ》を持《も》ってるか、今《いま》の段階《だんかい》でぜんぶ把握《はあく》してるんだって」

キオスクは自信《じしん》たっぷりに言《い》った。

「だから飯島《いいじま》さんもおいでよ。飯島《いいじま》さんだって選《えら》ばれた戦士《せんし》のひとりなんだから」

「わたしがいつだれに選《えら》ばれたのよ」

「前世《ぜんせ》からの宿命《しゅくめい》なんだよ。仲間《なかま》のぼくにはわかるんだ」

お手《て》あげだ。

「もし大戦《たいせん》が起《お》こったとしてもね、あんたの役目《やくめ》は給食当番《きゅうしょくとうばん》よ」

うんざりと言《い》いすてて教室《きょうしつ》をあとにした。

わたしにとっては世紀末《せいきまつ》よりも、五時間目《じかんめ》の体育《たいいく》のほうが大問題《だいもんだい》なのだ。

今日《きょう》はバレーボールの勝《か》ちぬき戦《せん》がある。わたしは背《せ》が低《ひく》いのでスパイクはだめだけど、小回《こまわ》りはきくからレシーブは得意《とくい》。だからわたしの役目《やくめ》はレシーバーなのだろう。そんなの、人《ひと》に聞《き》かなくたってわかる。

単純《たんじゅん》なことなのに。

配膳台《はいぜんだい》にもどっていくキオスクの足音《あしおと》を聞《き》きながら思《おも》った。

ぞうきんだって自分《じぶん》の役目《やくめ》ぐらい、今《いま》の段階《だんかい》で把握《はあく》しているはずなのに。


午後《ごご》七時《じ》。教科書《きょうかしょ》やノートのつまった鞄《かばん》を抱《かか》えて、七瀬《ななせ》さんがうちにやってきた。これから泊《と》まりこみで一緒《いっしょ》に試験勉強《しけんべんきょう》をする、という建前《たてまえ》になっている。

わざとらしい鞄《かばん》はさておき、七瀬《ななせ》さんの服装《ふくそう》はわたしたち姉弟《きょうだい》に爆笑《ばくしょう》をもたらした。

黒《くろ》いカットソーにブラックジーンズ、それに薄手《うすで》の黒《くろ》いブルゾン。まだ必要《ひつよう》ないのに黒《くろ》い手袋《てぶくろ》まではめて、もともと短《みじか》い髪《かみ》さえ黒《くろ》いヘアバンドで固定《こてい》している。足《あし》もとの白《しろ》いスニーカーだけがきらりと輝《かがや》いていた。

動《うご》きやすくて目立《めだ》たない恰好《かっこう》がいい、とは言《い》っておいたものの、ここまでやるとは。

「空《あ》き巣《す》じゃないんだよ、七瀬《ななせ》さん」

「今《いま》どきの忍者《にんじゃ》みたい」

リンとわたしが口々《くちぐち》に言《い》って吹《ふ》きだした。

「やっぱり？　自分《じぶん》でもちょっとやりすぎた気《き》はしてたんだけど……」

七瀬《ななせ》さんも照《て》れ笑《わら》いをしていたけど、なんというか、まんざらでもなさそうだった。

午後八時《ごごはちじ》。三人《にん》で夕《ゆう》ごはんを食《た》べる。今夜《こんや》のメニューは野菜炒《やさいいた》めとさんまの塩焼《しおや》き。わたしと七瀬《ななせ》さんで作《つく》った。

食事《しょくじ》が終《お》わるとひまになる。まだまだ時間《じかん》はたっぷりあった。

「トランプしよう」

リンが提案《ていあん》して、

「うん、なんか賭《か》けようよ」

わたしがもりあがり、

「でも、やっぱりみんなで勉強《べんきょう》しましょう。わたしたち来年《らいねん》は受験《じゅけん》だし、リンくんも再《さ》来年《らいねん》は受験《じゅけん》だし」

七瀬《ななせ》さんがその場《ば》をしんとさせた。

「七瀬《ななせ》さん、未来《みらい》の受験《じゅけん》より今《いま》の遊《あそ》びだよ」

「そうだよ、今《いま》を生《い》きようよ」

わたしとリンの抗議《こうぎ》にもゆらぐことなく、七瀬《ななせ》さんは「ダテじゃないのよ」といった調子《ちょうし》で鞄《かばん》を開《ひら》くと、教科書《きょうかしょ》やノートを出《だ》して本気《ほんき》で勉強《べんきょう》しはじめた。しょうがないからつきあうことにした。

数学《すうがく》の方程式《ほうていしき》に挑《いど》みながらも、七瀬《ななせ》さんはときおり、ちらちらと腕時計《うでどけい》に目《め》をむける。

その横顔《よこがお》はまるでシンデレラだ。

時計《とけい》の針《はり》が十二時《じ》をさしたら、真夜中《まよなか》の町《まち》にくりだすことになっていた。


午前《ごぜん》〇時《じ》。いざ出発《しゅっぱつ》、と三人《にん》で家《いえ》を出《で》た。

わたしとリンもしばらく屋根《やね》にのぼっていない。ひさしぶりに町《まち》へ出《で》ると、深夜《しんや》の肌触《はだざわ》りがすっかり変《か》わっていた。ひんやりとした水《みず》っぽい涼《すず》しさ。いつのまにか秋《あき》が深《ふか》まっている。

町外《まちはず》れへと歩《ある》きながら、まずはのぼりやすい屋根《やね》を物色《ぶっしょく》した。初心者《しょしんしゃ》の七瀬《ななせ》さんにも難《なん》なくのぼれる屋根《やね》がいい。

せわしなくあたりを見《み》わたすわたしとリンのあいだで、七瀬《ななせ》さんはしゃきんとしたいい表情《ひょうじょう》をしていた。それでもやはり緊張《きんちょう》しているのか、ときどき両腕《りょううで》を広《ひろ》げて深呼吸《しんこきゅう》をくりかえす。そうして噛《か》みしめるようにささやくのだ。

「夜中《よなか》の風《かぜ》って、おいしい」

午前《ごぜん》〇時《じ》四十五分《ふん》。のぼるために作《つく》られたような屋根《やね》を発見《はっけん》。

ゆるやかな坂道《さかみち》をのぼりきったところに、三軒《げん》の家《いえ》が孤立《こりつ》して建《た》っている。周囲《しゅうい》は空《あ》き地《ち》で人気《ひとけ》もゼロ。絶好《ぜっこう》のロケーションだ。

わたしたちが目《め》をつけたのは三軒《げん》の真《ま》ん中《なか》、紅色《べにいろ》の瓦屋根《かわらやね》。

この家《いえ》のポイントは、庭《にわ》を占《し》める駐車場《ちゅうしゃじょう》のルーフだった。家《いえ》を囲《かこ》むブロック塀《べい》から軽《かる》く乗《の》りうつれる位置《いち》にある。ルーフは屋根《やね》の真下《ました》までのびている。これならブロック塀《べい》、駐車場《ちゅうしゃじょう》のルーフ、屋根《やね》の順《じゅん》に、ホップ、ステップ、ジャンプ——の要領《ようりょう》で軽々《かるがる》と制覇《せいは》できる。ブロック塀《べい》からルーフまでも、ルーフから屋根《やね》までも、段差《だんさ》はほとんどないから目《め》をつぶっていてものぼれそうだった。

家《いえ》の窓《まど》にも明《あ》かりは灯《とも》っていない。耳《みみ》をすましても物音《ものおと》はせず、完全《かんぜん》に静《しず》まりかえっている。右《みぎ》どなりの家《いえ》からも光《ひかり》や音《おと》はもれてこないし、左《ひだり》どなりの家《いえ》は改築工事中《かいちくこうじちゅう》。

「問題《もんだい》は、駐車場《ちゅうしゃじょう》のルーフだよね」

リンが首《くび》をひねった。

「あれ、プラスティック？」

「さあ。まさか割《わ》れたりはしないと思《おも》うけど、音《おと》がねえ」

トタンで痛《いた》い思《おも》いをしているわたしたちにとって、音《おと》は悩《なや》みのタネだった。でも、不安《ふあん》材料《ざいりょう》のない屋根《やね》などないし、あったとしても見《み》つけるまでに夜《よ》が明《あ》けてしまう。

「この屋根《やね》でいい？」

七瀬《ななせ》さんに聞《き》くと、「うん、もうなんでもいい」ということで、ここに落《お》ちつくことにした。


午前《ごぜん》〇時《じ》五十五分《ふん》。リン、七瀬《ななせ》さん、わたしの順《じゅん》でのぼりはじめた。

ブロック塀《べい》はくぼみの部分《ぶぶん》を足《あし》がかりにしてよじのぼれる。

七瀬《ななせ》さんは初心者《しょしんしゃ》のわりに身《み》のこなしが軽《かろ》やかで、忍者《にんじゃ》みたいな服装《ふくそう》もダテじゃなかった。くっと上《うえ》を見《み》あげて、弱音《よわね》も吐《は》かずに黙々《もくもく》と動《うご》く。まるで屋根《やね》の上《うえ》になにか、七瀬《ななせ》さんが待《ま》ちわびているとっておきのなにかがひそんでいるかのように。

問題《もんだい》の駐車場《ちゅうしゃじょう》のルーフは、やはりどうしても音《おと》が出《で》る。鉄製《てっせい》の骨組《ほねぐ》みにそって足《あし》をすべらせても、少《すこ》しバランスを崩《くず》すとパコパコと響《ひび》いてしまう。ひやひやする反面《はんめん》、これくらいだいじょうぶだろうとも思《おも》った。トタンに比《くら》べればひかえめな音《おと》だ。

ルーフの上《うえ》を這《は》いながら進《すす》んで、ようやく屋根《やね》の縁《ふち》にたどりつく。最初《さいしょ》にリンが両手《りょうて》を縁《ふち》にかけ、弾《はず》みをつけて乗《の》りうつった。リンの手《て》を借《か》りて、七瀬《ななせ》さんも楽々《らくらく》と移《うつ》っていく。わたしもそのあとに続《つづ》いた。

あっけなくのぼりきったわけだ。

屋根《やね》のぼりなんて結局《けっきょく》、こんなものなのである。見《み》つかったらただの犯罪者《はんざいしゃ》で、それなりの覚悟《かくご》がいるわりに、やっていること自体《じたい》は徹底的《てっていてき》にくだらない。

そのかわり、わたしたちはその夜《よる》を手《て》に入《い》れる。

自力《じりき》でのぼった屋根《やね》にひざを抱《かか》えて座《すわ》るとき、すーっと息《いき》を吸《す》いこみながら見上《みあ》げるその空《そら》を、月《つき》を、星《ほし》ぼしを、雲《くも》のかけらを、まるごと自分《じぶん》たちのものにしたような気分《きぶん》にひたれるのだ。

星《ほし》はわたしたちのために輝《かがや》いている。

雲《くも》はわたしたちにむかって流《なが》れてくる。

風《かぜ》はわたしたちのために空《そら》をめぐる。

ふだんはぜんぜん思《おも》うようにいかない、もしかしたらわたしたちを無視《むし》しているかもしれないこの世界《せかい》だって、今《いま》だけはわたしたちを中心《ちゅうしん》に回《まわ》っている。

そんな気分《きぶん》に――。

「ありがとう」

ささやき声《ごえ》に目《め》をやると、七瀬《ななせ》さんが満足《まんぞく》そうな笑《え》みを浮《う》かべていた。

わたしはだまって右手《みぎて》をさしのべ、七瀬《ななせ》さんと手《て》をつないだ。

七瀬《ななせ》さんの手《て》はしっとりとあたたかだった。

屋根《やね》の上《うえ》ではだれでも無口《むくち》になる。わたしたちはひとりひとり、それぞれが好《す》きなことを考《かんが》えながら、もしかしたらなにも考《かんが》えずに、ただじっとそこにいた。動《うご》いているものといえば夜空《よぞら》を横《よこ》ぎる飛行機《ひこうき》のライトぐらいだった。

異変《いへん》が起《お》こったのは何分後《なんぷんご》のことだろう。

やや離《はな》れて座《すわ》っていたリンが、となりの家《いえ》に顔《かお》をむけて「ひっ」とあえぐような声《こえ》を出《だ》した。

「だれか見《み》てる」

ぞっとした。

「えっ？」

わたしはリンの視線《しせん》を追《お》いかけた。

電灯《でんとう》の消《き》えたとなりの家《いえ》。その側面《そくめん》にあたる二階《かい》の窓《まど》に、ぼんやりと白《しろ》い影《かげ》がちらついている。一瞬《いっしゅん》、幽霊《ゆうれい》かと思《おも》った。でも人間《にんげん》だ。わたしたちを見《み》つめている。

こわいというよりも、気味《きみ》が悪《わる》かった。

つないでいた七瀬《ななせ》さんの手《て》が震《ふる》えだす。

どうするべきか。逃《に》げるにはタイミングを逸《いっ》してしまい、わたしたちは為《な》す術《すべ》もなくその場《ば》に凍《こお》りついた。

やがてその影《かげ》がもそっと動《うご》いた。窓《まど》ガラスを開《ひら》きはじめたのだ。

絶体絶命《ぜったいぜつめい》。そろって後《あと》ずさりするわたしたちにむけ、その影《かげ》は窓《まど》から身《み》を乗《の》りだすようにして言《い》った。

「なにしてんの？」

聞《き》きおぼえのある声《こえ》だった。

まさか。

恐《おそ》ろしい考《かんが》えがわたしの頭《あたま》をかすめる。

「そんなところでなにしてんの？」

まさか、まさか。

リンが止《と》めるのもきかず、わたしは吸《す》いよせられるようにその影《かげ》へと這《は》っていった。

近《ちか》づくにつれて、白《しろ》い顔《かお》の輪郭《りんかく》が鮮明《せんめい》に見《み》えてくる。

見憶《みおぼ》えのある顔《かお》だった。

「飯島《いいじま》さんでしょ?」

ふたたび聞《き》きおぼえのある声《こえ》——。


午前《ごぜん》一時《じ》十五分《ふん》。

草木《くさき》も眠《ねむ》る丑三《うしみ》つ時《どき》。

こんな時間帯《じかんたい》には絶対《ぜったい》に会《あ》いたくないやつと、しかもロミオとジュリエットみたいな状況《じょうきょう》で、わたしは対面《たいめん》するはめになった。

キオスク、だった。

5

小《ちい》さな町《まち》だから、今《いま》までだって知《し》らずに友達《ともだち》の家《いえ》の屋根《やね》にのぼっていた、なんてこともありえる。もともとわたしたちの通《かよ》う地元《じもと》の公立中学《こうりつちゅうがく》は、遠《とお》くの私立《しりつ》まで通《かよ》う野心《やしん》も気力《きりょく》もない、のんびり屋《や》の集《あつ》まりなのだ。当然《とうぜん》、友達《ともだち》の家《いえ》はそこいらじゅうに散《ち》っていた。

でも、どうして、よりによってキオスクなのか。

知《し》らなかったとはいえ、キオスクの家《いえ》のとなりの屋根《やね》なんて選《えら》んでしまったことを、わたしは深《ふか》く深《ふか》く後悔《こうかい》したけれど、今《いま》さら後悔《こうかい》してもなんの役《やく》にも立《た》たないから、ただちに対策《たいさく》を練《ね》った。

昨夜《さくや》はとりあえず、屋根《やね》の上《うえ》のわたしたちにむかって「なにやってんのー」などと、とぼけた質問《しつもん》をくりかえすキオスクをどうにかだまらせた。放《ほう》っておけば自分《じぶん》も窓枠《まどわく》を越《こ》えて屋根《やね》に乗《の》りだしてきそうなくらい、キオスクは興味津々《きょうみしんしん》の顔《かお》をしていたけど、こっちとしてはのんきに答《こた》えている場合《ばあい》ではない。

「しっ、声《こえ》が大《おお》きい」

「くわしい話《はなし》は明日《あした》、学校《がっこう》で」

ジェスチャーと口《くち》パクを駆使《くし》して、ひと苦労《くろう》だった。

キオスクもさすがここで騒《さわ》いではまずいと気《き》づいたらしい。OK《オーケー》、のつもりか両手《りょうて》で大《おお》きな「◯」を描《えが》いた。その隙《すき》にすばやく退散《たいさん》したわけだ。

でももちろん、これで解決《かいけつ》ってわけじゃない。

翌日《よくじつ》の放課後《ほうかご》、枯《か》れ葉《は》を敷《し》きつめた学校《がっこう》の中庭《なかにわ》で、わたしたちはキオスクに「くわしい話《はなし》」をするはめになったのだった。


「わかんないな」

キオスクはぽかんと言《い》った。

「どうして屋根《やね》にのぼったりするの？」

「だから、そういう遊《あそ》びなんだってば」

わたしがぐったりと言《い》いかえす。

もうあきあきするほど同《おな》じやりとりをくりかえしていた。

大《おお》きなケヤキの木陰《こかげ》に、人目《ひとめ》を避《さ》けるように座《すわ》りこんでから早《はや》一時間《じかん》。キオスクにはわたしたちの話《はなし》がさっぱり理解《りかい》できないらしく、まるでトンボにエンゲル係数《けいすう》の説明《せつめい》でもしている気分《きぶん》だった。体操服姿《たいそうふくすがた》のリンと七瀬《ななせ》さんは、早《はや》く部活《ぶかつ》に出《で》たくてうずうずしているというのに。

「なんで屋根《やね》にのぼるのが遊《あそ》びなの?」

「おもしろいからよ。なんだって、おもしろきゃ遊《あそ》びなの」

「屋根《やね》にのぼるのっておもしろい?」

「だから、おもしろいんだってば」

「わかんないなあ」

絶望的《ぜつぼうてき》。わたしが足《あし》もとの落《お》ち葉《ば》をかかとでぐりぐりしていると、横《よこ》からリンがとんでもないことを口《くち》にした。

「やってみればわかるよ」

「ちょっと、なに言《い》ってんのよ」

「いいじゃん、七瀬《ななせ》さんだって軽《かる》くのぼれたんだし。こうなったら三人《にん》も四人《にん》も同《おな》じでしょ。みんなで仲良《なかよ》くのぼろうよ」

両手《りょうて》で足首《あしくび》をもみほぐしながら、リンが持《も》ち前《まえ》のフレンドリーシップを発揮《はっき》する。

冗談《じょうだん》じゃない、とわたしは心《こころ》でさけんだ。リンにとっては人類《じんるい》みな兄弟《きょうだい》かもしれないけど、わたしにとっては他人《たにん》は他人《たにん》なのだ。しかも相手《あいて》はキオスクだ。

でもキオスクは冗談《じょうだん》どころか、大《おお》まじめに考《かんが》えこんでしまった。

「でも、知《し》らない家《いえ》の屋根《やね》にのぼったりして、もし見《み》つかったら、大変《たいへん》でしょ」

「うん。大変《たいへん》だよ」

リンがうなずくと、

「そうだよね。それに危《あぶ》ないよ、暗《くら》いところで屋根《やね》にのぼるなんて」

「そういえば危《あぶ》ないかもね」

「うん、危《あぶ》ないよ。ぜったい危《あぶ》ないよ」

キオスクはひとりで何度《なんど》もうなずいている。

わたしはそこにつけこんで、

「そう、ものすごく危《あぶ》ないの。だからあんたはのぼろうなんて考《かんが》えないで、屋根《やね》のことは忘《わす》れなさい。ついでに昨日《きのう》のこともきれいさっぱり忘《わす》れて、なかったことにしよう。わかった？」

一気《いっき》にまくしたてると、迫力《はくりょく》に押《お》されたキオスクがうなずいて、その場《ば》はまるくおさまった。

おさまったはずだったのだ。


その夜《よる》のジャスト八時《じ》。キオスクから電話《でんわ》がかかってきた。

「ぼく、あれからいろいろ考《かんが》えてみたんだけどね、屋根《やね》にのぼるなんて、やっぱり危険《きけん》すぎるよ。見《み》つかったら大変《たいへん》だし、落《お》ちたらもっと大変《たいへん》だし。リスクが高《たか》すぎるっていうか、そのわりに成功《せいこう》したって見返《みかえ》りがあるわけじゃないし、ぼくには無理《むり》だと思《おも》うんだ」

わたしも無理《むり》だと思《おも》うから安心《あんしん》して忘《わす》れなさい、となだめてわたしは電話《でんわ》を切《き》った。

つぎの夜《よる》のジャスト八時《じ》。ふたたびキオスクからの電話《でんわ》。

「どうしてもわからないんだ。夜中《よなか》によそんちの屋根《やね》にのぼったりして、それがなににになるの？　なんか意味《いみ》があるのかな。リスクを冒《おか》すだけの意味《いみ》とか、価値《かち》があるのかな」

全然《ぜんぜん》ないから忘《わす》れなさい、と言《い》いきかせてわたしは電話《でんわ》を切《き》った。

そして、三日目《みっかめ》のジャスト八時《じ》。やはり電話《でんわ》は鳴《な》ったのだった。

「のぼってみてもいいかなって気《き》もしてきたんだよ。ただ、ネックはやっぱりモチベーションかなあ。ぼく、たんなる遊《あそ》びってだけで、そこまでやれるかわからなくて」

やらなくていいからお願《ねが》い忘《わす》れて、と懇願《こんがん》してわたしは電話《でんわ》を切《き》った。同時《どうじ》に、わたしの頭《あたま》の中《なか》でもなにかがプツンと切《き》れてしまった。

「どうしてくれんのよ」

受話器《じゅわき》をもどすなり、わたしはリンに噛《か》みついた。

「リンがへんなこと言《い》うから、キオスク、その気《き》になってきちゃったじゃない」

リンはわたしが席《せき》を立《た》った隙《すき》にアリーナを乗《の》っとり、クイズ番組《ばんぐみ》に見入《みい》っている。

「だから、仲良《なかよ》くのぼればいいじゃん。屋根《やね》はみんなのものなんでしょ」

「屋根《やね》は持《も》ち主《ぬし》のものよ」

「でも、だれかがやりたがってるのに、我慢《がまん》させたりできないんでしょ」

「キオスクはべつ」

「ぼく、相川《あいかわ》くんのこと嫌《きら》いじゃないよ。なんで陽子《ようこ》がそんなに嫌《きら》うのかわかんない」

「リンはどうせ嫌《きら》いな子《こ》なんていないんでしょ」

「うん。そうかも」

リンがへへっと笑《わら》う。

幼《おさな》いころのまんまの、とろける笑顔《えがお》。これにだけはかなわない。

怒《いか》りがぬけていくと力《ちから》もぬけて、わたしはよろっとS席《エスせき》に腰《こし》を落《お》とした。

「毎日《まいにち》、ちょうど八時《じ》だよね。電話《でんわ》かかってくるの」

瞳《ひとみ》をテレビにむけたままリンが言《い》った。

「きっと相川《あいかわ》くん、いつも緊張《きんちょう》して、八時《じ》になったら電話《でんわ》しようって決《き》めて、やっとかけてるんだよ。よしって気合《きあ》い入《い》れて」

わたしはテーブルにうつぶしてたぬき寝《ね》いりをはじめた。


四日目《よっかめ》の電話《でんわ》が鳴《な》ったのは、七時半《じはん》。

S席《エスせき》でサバの味噌煮《みそに》をつついていたリンに、わたしは勝利《しょうり》の笑顔《えがお》を見《み》せつけた。

「ほら、べつに八時《じ》って決《き》めてるわけじゃないじゃない」

得意《とくい》げに受話器《じゅわき》を持《も》ちあげる。

聞《き》こえてきたのは七瀬《ななせ》さんの声《こえ》だった。

「わたしね、相川《あいかわ》くんの気持《きも》ち、ほんのちょっとわかるの」

リンになにを吹《ふ》きこまれたのか、七瀬《ななせ》さんまでがキオスクの肩《かた》を持《も》つ。いったいどうなってるんだろう。

「わたしも屋根《やね》にのぼる前《まえ》、本当《ほんとう》はこわかった。でも、どうしてもやりたかったの。思《おも》いきってやったら、なにか変《か》わるような気《き》がして。陸上《りくじょう》でいうと、ハードルみたいな感《かん》じかな」

「ハードル？」

「うん、仲間外《なかまはず》れになるの覚悟《かくご》して陸上部《りくじょうぶ》に入《はい》ったときね、ひとつハードル越《こ》えた気《き》がしたの。屋根《やね》にのぼったときも、そう。おおげさだと思《おも》う？」

「う、うん」

「うん」と「ううん」の中間《ちゅうかん》ぐらいでぼかしておいた。実際《じっさい》は「うん」の比率《ひりつ》のほうが大《おお》きい。ただの遊《あそ》びだから楽《たの》しいのに、だれもかれも屋根《やね》のぼりをかいかぶりすぎている。

「自分《じぶん》でもいやになるんだけどね」

最後《さいご》に七瀬《ななせ》さんが低《ひく》くつぶやいた。

「そうやって越《こ》えようとしなきゃなんにもできないの、わたし」

受話器《じゅわき》をもとにもどしたとき、わたしは妙《みょう》にしんみりとした気分《きぶん》になっていた。

そしてジャスト八時《じ》。ふたたび電話《でんわ》がわたしを呼《よ》ぶ。

無視《むし》すればいいのだと、わかってはいた。簡単《かんたん》なことなのだ。でも、放《ほう》っておこうとすればするほど、電話《でんわ》のコールがやけに長《なが》く感《かん》じられて、早《はや》くやまないかとやきもきしているうちに、ついつい手《て》が受話器《じゅわき》へ吸《す》いよせられてしまう。

「飯島《いいじま》さん。ぼく、決心《けっしん》したよ」

電話《でんわ》に出《で》るなり、キオスクは言《い》った。

「屋根《やね》にのぼってみるよ」

もはや抵抗《ていこう》する気力《きりょく》は残《のこ》っていなかった。

屋根《やね》、屋根《やね》、屋根《やね》。

みんながこの言葉《ことば》をくりかえす。まるでとっておきの呪文《じゅもん》みたいに。

わたしはただリンと遊《あそ》んでいただけなのに、七瀬《ななせ》さんが加《くわ》わって、キオスクまで首《くび》をつっこんで、おかしな方向《ほうこう》へふくらんでいく。わたしはそれについていけず、逆《ぎゃく》に置《お》いてきぼりをくらったような気《き》もして、なんだか胸《むね》がもやもやとしていた。

キオスクとの電話《でんわ》のあと、お風呂《ふろ》やストレッチで気分転換《きぶんてんかん》をはかってみても、どうもうまくいかない。

ちょうどいい気晴《きば》らしの相手《あいて》が現《あらわ》れたのは、そんなときだった。

さおりさんがふらりと遊《あそ》びにきたのだ。

「あら陽子《ようこ》、ひさしぶり。あんた、なにしけた顔《かお》してんのよ」

「べつに」

さおりさんはときどきこんなふうに、なんの予告《よこく》も用事《ようじ》もなくうちに来《く》る。いい年《とし》をして常識《じょうしき》のない人《ひと》だけど、手《て》みやげに芋《いも》ようかんをさげていたから、家《いえ》の敷居《しきい》をまたがせてあげた。

台所《だいどころ》でお茶《ちゃ》をいれてからリビングへ行《い》くと、さおりさんは奥《おく》のソファーに寝転《ねころ》がり、ずうずうしいほどくつろいでいる。

「さおりさんに出《だ》す酒《さけ》はないよ」

サイドテーブルにお茶《ちゃ》と芋《いも》ようかんをドンとのせると、

「リンは?」

さおりさんはかったるそうに顔《かお》だけをむけた。

「もう寝《ね》てる。朝《あさ》から部活《ぶかつ》で疲《つか》れてるみたい」

「早苗《さなえ》たちは仕事《しごと》?」

「うん。でも今日《きょう》はそんなに遅《おそ》くならないって。もうすぐ帰《かえ》ってくるんじゃない」

「遅《おそ》くならないって、もう十時《じ》じゃない。日曜日《にちようび》だっていうのにねえ。体《からだ》も壊《こわ》さずによくやるわ、あの夫婦《ふうふ》も」

「ママは家事《かじ》が嫌《きら》いで、外《そと》で働《はたら》くほうが好《す》きだからね。たまに家《いえ》にいるとイキが悪《わる》くてこっちまでやになるの。パパだって仕事《しごと》が生《い》きがいみたいだしさ。うちはそれでいいんだよ、だれもグレてないし」

「グレてないけど、妙《みょう》な子供《こども》に育《そだ》ったもんだ。陽子《ようこ》、あんた反抗期《はんこうき》も思春期《ししゅんき》もやりそこなってない？　いいのかね、そんなんで」

さおりさんの口調《くちょう》がいつもと微妙《びみょう》にちがう。孫《まご》でも見《み》るようにわたしを見《み》る。センチメンタルなまなざし。

「陽子《ようこ》、あんた憶《おぼ》えてないかもしんないけど、小《ちい》さいころは手《て》におえない甘《あま》ったれだったんだよ」

「憶《おぼ》えてない」

「パパとママを仕事《しごと》にとられるたびにギャーギャーギャーって。わたしが遊《あそ》びに来《き》ても、帰《かえ》るときになると追《お》いかけてきてギャーギャーギャー泣《な》いて」

「ぜんぜん憶《おぼ》えてない」

「その点《てん》、リンは辛抱強《しんぼうづよ》かった」

なつかしんでいるのか、わたしをおちょくっているのか。

「やめようよ。昔話《むかしばなし》はおばさんの証拠《しょうこ》だよ」

「わたしさ、早苗《さなえ》の教育方針《きょういくほうしん》には疑問《ぎもん》があるんだけど、あんたのためにリンを産《う》んだことだけはよかったと思《おも》うよ」

「わたしのため？」

「早苗《さなえ》はもともと、結婚《けっこん》しても仕事《しごと》に精《せい》を出《だ》す気《き》でいたからさ。年子《としご》ってけっこうしんどいんだけど、陽子《ようこ》ひとりじゃかわいそうだって、すぐにリンを産《う》んだでしょ」

「ふうん」

なるほどね、と思《おも》った。

「でも、リンはべつにわたしのために生《う》まれてきたわけじゃないよ」

「うん、それはそうだ」

さおりさんが笑《わら》ってうなずいた。それから冷《さ》めたお茶《ちゃ》を一気《いっき》にのどへ流《なが》しこむと、

「じゃ、帰《かえ》るわ」

なんの脈絡《みゃくらく》もなくすっくと立《た》ちあがる。

毎度《まいど》のことながら、いったいこの人《ひと》、なにしに来《き》たんだろう？

首《くび》をひねりながら見送《みおく》りにいくと、

「ついでに言《い》っとくけど」

玄関口《げんかんぐち》でさおりさんがふりむいた。

「わたし、もうすぐ転職《てんしょく》するから」

「転職《てんしょく》？」

「今《いま》の会社《かいしゃ》、じきにつぶれるのよ」

「あ、そう」

軽《かる》くうなずいてから、ふと思《おも》った。

「それって転職《てんしょく》じゃなくて、無職《むしょく》になるって言《い》わない？」

「すぐに見《み》つけりゃいいんでしょ、新《あたら》しい仕事《しごと》」

「まあ、ね」

「それで来年《らいねん》はごたごたするだろうから、あんまり陽子《ようこ》たちの顔《かお》も見《み》れなくなる。今《いま》のうちにリンと遊《あそ》びにおいで」

背中《せなか》をむけたままそう言《い》うと、手首《てくび》の運動《うんどう》みたいに右手《みぎて》をぶらぶらさせながら、「じゃ」とさおりさんは去《さ》っていった。

いつもなら扉《とびら》のむこうから、地球《ちきゅう》を蹴《け》りとばすようなハイヒールの音《おと》が聞《き》こえてくるのに、今夜《こんや》はどこか遠慮《えんりょ》がちな音《おと》。

世間《せけん》が騒《さわ》いでいる不況《ふきょう》っていうのが、どれだけ深刻《しんこく》なものかわたしにはわからない。会《かい》社《しゃ》の倒産《とうさん》がどれほどの一大事《いちだいじ》なのかもわからない。でも、さおりさんが口《くち》で言《い》うほど平気《へいき》じゃないってことだけはわかる。

もっと早《はや》く言《い》ってくれたら、パパのウイスキーくらい出《だ》してあげたのに。そう思《おも》いながら遠《とお》ざかっていく足音《あしおと》を聞《き》いた。

大人《おとな》もいろいろしんどそうだ。

屋根《やね》のことで苦労《くろう》しているうちが花《はな》かもしれない。

6

「陽子《ようこ》、陽子《ようこ》っ」

十一月《がつ》に入《はい》ったとたん、朝《あさ》の冷《ひ》えこみでベッドとの別《わか》れがつらくなった。

一日《にち》のうちで一番《いちばん》せつない数分間《すうふんかん》。

その朝《あさ》も、わたしが未練《みれん》たらしく別《わか》れの感傷《かんしょう》にひたっていると、リンが浮《う》かれた足《あし》どりでやってきた。

「チャンスだよ。おやじとおふくろ、今夜《こんや》は仕事《しごと》で帰《かえ》らないって」

ぎくりとした。

「天気予報《てんきよほう》は？」

今《いま》のところ雨音《あまおと》は聞《き》こえないけれど、「とつぜん嵐《あらし》、のち大雪《おおゆき》、ところによって竜巻《たつまき》」みたいなのを期待《きたい》して聞《き》くと、

「くもりのち晴《は》れ」

なんて平凡《へいぼん》な。

「降水確率《こうすいかくりつ》は？」

「五パーセント」

「湿度《しつど》は？」

「知《し》らないよ」

「円《えん》と株《かぶ》の動《うご》きは？」

「陽子《ようこ》、見《み》ぐるしいよ」

リンがため息《いき》をはきだした。

「七瀬《ななせ》さんだって二回目《かいめ》の屋根《やね》のぼり、楽《たの》しみにしてるんだから。今日《きょう》のところは潔《いさぎよ》くあきらめな」

あきらめはしても、潔《いさぎよ》くはなれなかった。

なにしろ、今回《こんかい》はキオスクというお荷物《にもつ》がくっついてくるのだ。いつもなら、屋根《やね》にのぼる日《ひ》は朝《あさ》からご機嫌《きげん》のわたしも、キオスクのことを考《かんが》えると心《こころ》は重《おも》い。キオスクのほうもそれほど軽《かろ》やかな心境《しんきょう》ではなさそうだった。

「今夜《こんや》、のぼるから」

朝《あさ》の教室《きょうしつ》で伝《つた》えたとたん、キオスクは青白《あおじろ》い顔《かお》をますます青《あお》くして動揺《どうよう》をさらけだした。

「どんな服《ふく》を着《き》ればいいの？」とか、「どんな靴《くつ》をはけばいいの？」とか、「どんなふうにのぼればいいの？」とか、うるさくてしょうがない。

その上《うえ》、八時《じ》にうちで集合《しゅうごう》という予定《よてい》にまでケチをつけはじめた。

「あ、悪《わる》いけどぼく、八時《じ》は無理《むり》」

「なんでよ」

「九時《じ》から十一時《じ》までは家《いえ》にいなきゃいけないの。ネット仲間《なかま》とチャットの時間《じかん》だから、それだけは外《はず》せなくて」

あいかわらず世紀末《せいきまつ》の大戦《たいせん》について語《かた》りあっているらしい。どうして今夜《こんや》のことに専念《せんねん》できないのか。

「どっちか選《えら》びなさいよ。世紀末《せいきまつ》か、今夜《こんや》の屋根《やね》か、どっちか」

キオスクがうつむいて考《かんが》えこむ。床《ゆか》と相談《そうだん》しているのかもしれない。

結果《けっか》、キオスクはなんとも中途《ちゅうと》はんぱな答《こた》えを出《だ》した。

「屋根《やね》にのぼるのって、真夜中《まよなか》でしょ？　ぼくんちの両親《りょうしん》、十時《じ》には眠《ねむ》っちゃうから、そしたらぼく、こっそりぬけだして飯島《いいじま》さんちに行《い》くよ。チャット終《お》わってから、ぜったいに行《い》くよ」

「勝手《かって》にすれば」

怒《おこ》ったふりをしながらも、わたしは内心《ないしん》、よし、と思《おも》っていた。

キオスクは来《こ》ないかもしれない。「ぜったいに行《い》くよ」なんて言《い》いながらも、今《いま》からこんなにも腰《こし》が引《ひ》けている。だいたい、家《いえ》をぬけだすところを両親《りょうしん》に見《み》つかるかもしれないし。

そういえば、二兎《にと》を追《お》うものは一兎《いっと》をもえず、ということわざもあった。

さすが昔《むかし》の人《ひと》はいいことを言《い》う。

わたしは待《ま》ち人《びと》現《あらわ》れずに、リンは現《あらわ》るに、一週間分《しゅうかんぶん》のテレビのチャンネル権《けん》を賭《か》けた。

待《ま》ち人《びと》というのは言《い》うまでもなくキオスクのこと。

結論《けつろん》からいうと、わたしは負《ま》け犬《いぬ》だ。犬《いぬ》にまでなりさがることもないけど、とにかく負《ま》けた。

午前《ごぜん》〇時半《じはん》。約束《やくそく》の時間《じかん》を三十分《ぷん》もすぎて、わたしが勝利《しょうり》を確信《かくしん》していたとき。リンはソファーでうとうと、わたしはまたしても七瀬《ななせ》さんにまるめこまれて勉強《べんきょう》していると、玄関《げんかん》のチャイムが不気味《ぶきみ》に鳴《な》りひびいたのだ。

「出《で》たっ」

わたしはノートに顔《かお》をうずめ、

「来《き》たっ」

リンがソファーから飛《と》びおきる。

三人《にん》そろって玄関《げんかん》へ急《いそ》いだ。

キオスクはまるで魔法使《まほうつか》いに石《いし》にされてしまった男《おとこ》の子《こ》のようだった。両足《りょうあし》を踏《ふ》んばり、両手《りょうて》を握《にぎ》りしめ、全身《ぜんしん》をかちんこちんにして突《つ》っ立《た》っている。指《ゆび》で弾《はじ》いたらいい音《おと》がしそうだ。でも、同時《どうじ》に体《からだ》のどこかがぽろっと崩《くず》れおちそうだった。

「遅《おそ》かったね。みんな心配《しんぱい》してたんだよ」

リンが声《こえ》をかけると、こわばったキオスクの顔《かお》の中《なか》で口《くち》だけがかすかに動《うご》いた。

「飯島《いいじま》さんの地図《ちず》、わかりづらかった」

うらめしそうな声《こえ》を出《だ》す。

「わかりづらく書《か》いたんだもん」

わたしが言《い》うと、

「え、どうして？」

キオスクが素朴《そぼく》な質問《しつもん》をして、

「早《はや》く行《い》かないと夜《よ》が明《あ》けちゃうよ」

話《はなし》がややこしくなる前《まえ》に、リンが靴《くつ》をはきはじめた。


冷《つめ》たい風《かぜ》がほおをたたく。

はじめて屋根《やね》にのぼったのは秋《あき》のはじまり。あの夜《よ》ふけの町《まち》はわたしたちをあたたかくむかえてくれたのに、冬《ふゆ》のはじまりともなると町全体《まちぜんたい》がぴりりと辛口《からくち》だった。

屋根《やね》のぼりという遊《あそ》びは冬《ふゆ》にはむいていない、と実感《じっかん》する。今《いま》はまだいいけれど、じきにもっと寒《さむ》くなるだろうし、がくがく震《ふる》えながら屋根《やね》にのぼったって、ちっとも楽《たの》しそうじゃない。楽《たの》しくなければ遊《あそ》びじゃない。

その点《てん》、この遊《あそ》びはキオスクにはまったくむいていなかった。

びくびくしすぎて楽《たの》しむどころじゃないのだ。

「ねえねえ、こんなことして本当《ほんとう》にだいじょうぶなの？」

わたしたちの背中《せなか》に隠《かく》れるようにして夜道《よみち》を歩《ある》きながら、キオスクはひっきりなしに弱《よわ》気《き》な声《こえ》をあげつづけた。

「さっきすれちがった人《ひと》、へんな目《め》で見《み》てたよ。ぼくたちのこと」

「あ、そう」

「まずいんじゃないの？　中学生《ちゅうがくせい》が夜中《よなか》に大勢《おおぜい》で歩《ある》いてるなんて」

大勢《おおぜい》ってほどではないものの、たしかに四人《にん》ともなると人目《ひとめ》につく。足音《あしおと》も大《おお》きくなるし、「近所《きんじょ》のおばさんちから帰《かえ》るところです」なんていいわけも通用《つうよう》しない。

そのあたりの対策《たいさく》は立《た》てていた。

「もしもだれかになんか言《い》われたら、学校《がっこう》の課題《かだい》で天体観察《てんたいかんさつ》をしてるんです、って言《い》えばいいの。夏《なつ》にあったでしょ、そういうの」

「でも、もう冬《ふゆ》だし」

「だいじょうぶ、冬《ふゆ》には冬《ふゆ》の大三角《だいさんかく》があるから。いい？　大切《たいせつ》なのは季節《きせつ》じゃなくて笑顔《えがお》だよ。なに聞《き》かれてもどうどうと笑《わら》って答《こた》えること」

「え、笑顔《えがお》って、こんな感《かん》じ？」

「ちがう！」

地顔《じがお》からして半《はん》べそのキオスクは、いざ屋根《やね》を選《えら》ぶ段《だん》になっても邪魔者《じゃまもの》以外《いがい》のなにものでもなかった。

「難《むずか》しそう」

「すべりそう」

「見《み》つかりそう」

ど素人《しろうと》のくせにいちいちケチをつけてくる。

「だったら犬小屋《いぬごや》にでものぼってな」

わたしが一喝《いっかつ》すると、今度《こんど》はしゅんとして一言《ひとこと》もしゃべらなくなった。七瀬《ななせ》さんがはげましの声《こえ》をかけても、いじけた顔《かお》でだまりこんでいる。

その隙《すき》にわたしとリンで屋根《やね》を決《き》めた。

もう何度《なんど》も足《あし》を運《はこ》んでいる川《かわ》ぞいの道《みち》。黒《くろ》ずんだ川《かわ》の畔《ほとり》を草藪《くさやぶ》が覆《おお》い、その奥《おく》にひっそりと何軒《なんげん》かの家《いえ》がつらなっている。

その川《かわ》ぞいの一帯《いったい》は、いつ通《とお》ってもまったく人気《ひとけ》がなかった。一筋《ひとすじ》の光《ひかり》も放《はな》たない家々《いえいえ》の窓《まど》。人《ひと》が住《す》んでいないのか、もしくは早寝《はやね》の人《ひと》ばかりが住《す》んでいるのか。

その絶好《ぜっこう》の場所《ばしょ》に、前々《まえまえ》から目《め》をつけていた屋根《やね》があった。あまりにも簡単《かんたん》すぎてのぼりがいがなさそうだから、これまで手《て》をつけずにいた濃紺《のうこん》の瓦屋根《かわらやね》。

なんといっても、この屋根《やね》は、低《ひく》かった。建築家《けんちくか》のミスか、それともあえて超個性的《ちょうこせいてき》な屋根《やね》を設計《せっけい》したのか、ほかの家々《いえいえ》の屋根《やね》に比《くら》べて一・五メートルは確実《かくじつ》に低《ひく》い。そのくせ、むりやり帳尻《ちょうじり》を合《あ》わせるように、二階《かい》の屋根《やね》はふつうの高《たか》さにそろえてある。

「へんな家《いえ》」

七瀬《ななせ》さんがずばり、この家《いえ》の特徴《とくちょう》を言《い》いあてた。

そう、へんな形《かたち》の家《いえ》なのだ。胴体《どうたい》が平《ひら》たく、そのぶん頭《あたま》の長《なが》い雪《ゆき》だるまみたいな。

でもまあ、住《す》んでいる人《ひと》にしてみればそんなの余計《よけい》なお世話《せわ》だろうし、わたしたちにしてみれば屋根《やね》は低《ひく》いほどありがたい。

おまけにその家《いえ》は、周囲《しゅうい》の草藪《くさやぶ》との境《さかい》に金網《かなあみ》を張《は》りめぐらせていた。金網《かなあみ》は屋根《やね》の上《うえ》まで届《とど》いている。つまり、この金網《かなあみ》を少《すこ》しのぼれば自動的《じどうてき》に屋根《やね》までたどりつく、というわけだ。

キオスクもこれでは文句《もんく》のつけようがなかった。

「これにのぼるから」

わたしが言《い》うと、一瞬《いっしゅん》ぴくっとしてから、「わわ、わかった」とうなずいて見《み》せた。

のぼる順番《じゅんばん》は前《まえ》もって決《き》めていた。リン、七瀬《ななせ》さん、キオスク、わたし、の順《じゅん》。

まずはリンが用心深《ようじんぶか》く金網《かなあみ》に手《て》をかける。ギシッと鈍《にぶ》い音《おと》がした。

「ゆっくり行《い》こう。できるだけ音《おと》を立《た》てないようにね」

わたしたちをふりむいてささやくと、リンはスローモーションのテンポでのぼりはじめた。続《つづ》いて七瀬《ななせ》さんが金網《かなあみ》に身《み》をよせた。

慎重《しんちょう》に慎重《しんちょう》に足《あし》を進《すす》めると、屋根《やね》の高《たか》さまでのぼりつめるのに五分《ふん》ほどかかる。

リンと七瀬《ななせ》さんがぶじ屋根《やね》に移《うつ》るのを見届《みとど》けてから、わたしはキオスクの背中《せなか》を押《お》した。

「あんたの番《ばん》」

キオスクが金網《かなあみ》にむけ、おそるおそる足《あし》を踏《ふ》みだした。と思《おも》ったら、たったの二、三歩《ぽ》で止《と》まってしまった。

「飯島《いいじま》さん、先《さき》に行《い》って」

「なに言《い》ってんのよ」

「いいから、お願《ねが》い。ぼく、最後《さいご》のほうが落《お》ちついてのぼれるから」

だれかが後《うし》ろからフォローしたほうがいいのに、キオスクは頑《がん》としてゆずろうとしない。ここでうだうだしていてもしょうがないので、ぬかして先《さき》に行《い》くことにした。

ブルゾンのファスナーがときどき金網《かなあみ》に引《ひ》っかかるほかは、なんの問題《もんだい》もなく屋根《やね》の縁《ふち》までたどりついた。

リンと七瀬《ななせ》さんはすでに屋根《やね》の上《うえ》、ベランダの柵《さく》にもたれてくつろいでいる。

思《おも》ったとおり、まったくのぼりがいのない屋根《やね》なのだった。

ところが、濃紺《のうこん》の瓦《かわら》に手《て》をかけながらふと見《み》おろすと、ついてきているはずのキオスクがいない。金網《かなあみ》の前《まえ》から一ミリも動《うご》かずにいる。

「なにしてんのよ。早《はや》くおいで」

どんなに手招《てまね》いても、キオスクは動《うご》きだす気配《けはい》がない。

わたしはしかたなく引《ひ》きかえし、途中《とちゅう》まで金網《かなあみ》をおりていった。

「ほら、おいで。すぐそこまでだから」

左手《ひだりて》で金網《かなあみ》をにぎりしめ、右手《みぎて》をキオスクにさしだした。

キオスクは動《うご》かない。

「どうしたの」

問《と》いつめるようにキオスクの顔《かお》をのぞきこみ、どきっとした。

全身《ぜんしん》でおびえている。頭《あたま》を後《うし》ろにそらし、かっと両目《りょうめ》を広《ひろ》げて、キオスクはどこかを見《み》あげていた。わたしではなく、もっと遠《とお》くの暗《くら》いどこかを。あまりにも暗《くら》くて泣《な》きだしそうだ。

月《つき》も星《ほし》も屋根《やね》も。

わたしたちも。

なにもかもが闇《やみ》に埋《う》もれてしまったように、キオスクはひとりきりで震《ふる》えていた。

「だいじょうぶだよ」

わたしは右手《みぎて》をぎりぎりまでキオスクに近《ちか》づけた。自分《じぶん》でも声《こえ》の調子《ちょうし》が狂《くる》っていくのがわかる。

「だいじょうぶ、のぼれるよ。簡単《かんたん》だから。早《はや》くおいで」

呼《よ》びかけると、キオスクははじめてわたしの声《こえ》を受《う》けとめたようにハッとした。

ほんの一瞬《いっしゅん》、キオスクと目《め》が合《あ》った。

その目《め》は、逃《に》げたいと言《い》っていた。

知《し》らない町《まち》にとりのこされた小《ちい》さな小《ちい》さな子供《こども》みたいに、早《はや》くここからぬけだしたいと、楽《らく》なところに帰《かえ》りたいと言《い》っていた。

わたしのほうから目《め》をそらした。

「キオスク」

体《からだ》を支《ささ》えていた左手《ひだりて》がしびれだす。限界《げんかい》だ。さしだした右手《みぎて》を金網《かなあみ》にもどした。

「いいんだよ、無理《むり》しないで。こんなのただの遊《あそ》びなんだから。のぼりたければのぼればいいし、のぼりたくなければのぼらなきゃいいの。無理《むり》してがんばることじゃないの。なにかを試《ため》すとか、乗《の》りこえるとか、そんなんじゃないの」

いつものわたしの声《こえ》じゃない。しゃべればしゃべるほど、キオスクがわたしから離《はな》れていくような気《き》がした。実際《じっさい》、キオスクはじりじりと後《あと》ずさりをはじめていた。

「だから、いいんだよ。もしあんたがのぼらなくたって、だれも……」

最後《さいご》まで聞《き》かずに、キオスクは背中《せなか》をむけた。草薮《くさやぶ》の底《そこ》へと沈《しず》んでいくように、一歩《ぽ》一歩《ぽ》、暗《くら》がりのむこうへ遠《とお》ざかっていく。肩《かた》のあたりがゆれていた。やがては小走《こばし》りに駆《か》けだした。

キオスクの姿《すがた》が消《き》えても、草木《くさき》のざわめきはなかなかおさまらなかった。

わたしはキオスクを追《お》いかけることも、ふたたび屋根《やね》をめざすこともできず、宙《ちゅう》ぶらりんに金網《かなあみ》へしがみついたまま、その泣《な》き声《ごえ》のようなうなりを聞《き》いていた。

7

翌日《よくじつ》、教室《きょうしつ》にキオスクの姿《すがた》はなかった。

つぎの日《ひ》も、そのつぎの日《ひ》も、またそのつぎの日《ひ》も、またまたそのつぎの日《ひ》も。

「相川《あいかわ》は風邪《かぜ》で欠席《けっせき》」と、朝《あさ》のホームルームで担任《たんにん》はくりかえすけれど、風邪《かぜ》にしては長《なが》すぎる。仮病《けびょう》かもしれない。

でも、わたしはキオスクに電話《でんわ》をして、それをたしかめようとはしなかった。それどころか、キオスクの欠席《けっせき》はわたしにとって好都合《こうつごう》でもあった。

学校《がっこう》に来《こ》なければ、キオスクに会《あ》わずにすむ。どんな顔《かお》をすればいいかとか、なんて声《こえ》をかければいいかとか、あれこれ考《かんが》えなくてすむ。

わたしは早《はや》く忘《わす》れてしまいたかった。

あのキオスクの顔《かお》。おびえたふたつの瞳《ひとみ》。遠《とお》ざかっていく暗《くら》い暗《くら》い影《かげ》。

ビデオの再生《さいせい》みたいに思《おも》いだせる。

そしてあのときのわたし自身《じしん》――ぜんぜん自分《じぶん》らしくないあの猫《ねこ》なで声《ごえ》も。

まるごと消《け》してしまいたかった。

ゆううつなことが、もうひとつ。キオスクが学校《がっこう》に来《こ》なくなってから十日《とおか》が経《た》ち、町《まち》に気《き》の早《はや》いクリスマス・ツリーがちらつきはじめたころ、わが家《や》でもちょっとした事件《じけん》があった。

リンが食欲《しょくよく》をなくしたのだ。

「ごめん。今日《きょう》はもうお腹《なか》いっぱいで」

四十度《ど》の熱《ねつ》でもないかぎり、お米《こめ》の一粒《ひとつぶ》だって残《のこ》さないリンが、大好物《だいこうぶつ》のカレーライスを半分《はんぶん》も残《のこ》した。

これは、事件《じけん》である。

「どうしたの、リン。なんかあった?」

「ううん、べつに」

「だって、おかしいじゃない。なんか元気《げんき》ないし」

「よく言《い》うよ。元気《げんき》ないのは陽子《ようこ》のほうじゃん」

「え」

「最近《さいきん》、またしても煮物《にもの》づくし」

わたしは豚《ぶた》バラやじゃがいもを浮《う》かせたカレーに目《め》を落《お》とした。たしかに、言《い》われてみるとこれも煮物《にもの》の仲間《なかま》だ。

「まさか」

わたしはあせって言《い》った。

「まさか煮物《にもの》に飽《あ》きて食欲《しょくよく》なくしたとか」

「まさか」

リンが冷静《れいせい》に言《い》った。

「そんなバカな」

早々《はやばや》と自分《じぶん》の部屋《へや》へと引《ひ》きあげたリンは、深夜《しんや》にパパとママが得意先《とくいさき》からもらったケーキを持《も》って帰《かえ》っても、「いらない」と部屋《へや》に閉《と》じこもったきりだった。本気《ほんき》で食欲《しょくよく》がないみたいだ。

学校《がっこう》でなにかあったのか？

リンのことだから友達《ともだち》とけんかってことはありえないけど、陸上部《りくじょうぶ》でうまく成績《せいせき》がのびないとか。反対《はんたい》に成績《せいせき》がのびすぎてみんなにひがまれ、いじめられているとか。成績《せいせき》がのびなくてもいじめられても笑顔《えがお》でのりこえようとする自分自身《じぶんじしん》に疲《つか》れてしまったとか？

明日《あした》、七瀬《ななせ》さんに聞《き》いてみよう。

ところが。その明日《あした》になってみると、七瀬《ななせ》さんまで様子《ようす》がおかしくなっていたのだ。

おはよう、と教室《きょうしつ》で声《こえ》をかけた瞬間《しゅんかん》から、「あれ？」という感《かん》じがした。おはよう、と七瀬《ななせ》さんも返《かえ》してくれたけど、わたしを見《み》ようとしなかったし、笑顔《えがお》もなんだかぎこちない。朝練《あされん》で疲《つか》れてるのかな、とわたしは思《おも》った。

一時限後《じげんご》の休《やす》み時間《じかん》も「あれ？」だった。窓辺《まどべ》の七瀬《ななせ》さんにわたしが近《ちか》づいていったら、たどりつく前《まえ》に彼女《かのじょ》は立《た》ちあがり、教室《きょうしつ》を出《で》ていった。トイレかな、とわたしは思《おも》った。

給食《きゅうしょく》は席《せき》の近《ちか》い子《こ》たちと机《つくえ》を合《あ》わせて食《た》べる。食《た》べ終《お》わったらバレーボールをしよう、とみっちゃんたちと約束《やくそく》し、わたしは七瀬《ななせ》さんも誘《さそ》いにいった。そこでもやはり「あれ？」だった。

「七瀬《ななせ》さん、バレーボールしない？」

「ありがとう。でも、ごめんね。今日《きょう》はちょっと用事《ようじ》があるから」

わたしから顔《かお》をそむけるようにして、七瀬《ななせ》さんは早口《はやくち》でそう言《い》った。

中学生《ちゅうがくせい》が昼休《ひるやす》みにどんな用事《ようじ》を持《も》っているというのか……。

避《さ》けられている。と、ここではじめてわたしは悟《さと》ったのだった。

まちがいない。七瀬《ななせ》さんはわたしから逃《に》げている。

でも、どうして？

思《おも》いあたるふしがなかった。

キオスクの一件《いっけん》以来《いらい》、屋根《やね》にはのぼっていないけど、教室《きょうしつ》でわたしと七瀬《ななせ》さんはしょっちゅう一緒《いっしょ》にいた。クラスのみんなに「へんなコンビ」などと言《い》われつつ、わたしたちは急速《きゅうそく》に距離《きょり》を縮《ちぢ》めたのだ。

『若草物語《わかくさものがたり》』の連中《れんちゅう》はいまだに七瀬《ななせ》さんを仲間外《なかまはず》れにしていて、わたしがいないと彼女《かのじょ》はひとりきりになってしまう。でも、わたしはそんな理由《りゆう》で七瀬《ななせ》さんのそばにいたわけじゃない。ほかの子《こ》といると、ときどき、その場《ば》の空気《くうき》に合《あ》わせてはしゃいだり、笑《わら》いたくもないのに笑《わら》ったりすることがあるけど、七瀬《ななせ》さんだとそれがなかった。七瀬《ななせ》さんといると自然《しぜん》な自分《じぶん》でいられる。無理《むり》をしなくてすむ。

その七瀬《ななせ》さんにとつぜん背中《せなか》をむけられても、わたしにはなにがなんだかさっぱりわからなかった。

理由《りゆう》を知《し》りたくても隙《すき》がない。わたしの気配《けはい》を察《さっ》すると、すっと離《はな》れてしまう。もしやと思《おも》って遠《とお》ざかってみても、べつに近《ちか》づいてはこない。

この日《ひ》、最後《さいご》に七瀬《ななせ》さんを見《み》かけたのは、放課後《ほうかご》の校庭《こうてい》だった。七瀬《ななせ》さんは体操着《たいそうぎ》ではなくセーラー服姿《ふくすがた》で、うつむきがちに校門《こうもん》をくぐっていくところだった。

「七瀬《ななせ》さん」

わたしは大声《おおごえ》で呼《よ》びかけた。

「部活《ぶかつ》は？」

七瀬《ななせ》さんはびくんと足《あし》を止《と》めた。ほんの一瞬《いっしゅん》。すぐにまた動《うご》きだし、そのまま前《まえ》のめりに走《はし》り去《さ》っていった。

小《ちい》さくなっていく七瀬《ななせ》さんの後《うし》ろ姿《すがた》が、あの夜《よる》のキオスクの背中《せなか》と重《かさ》なる。

強《つよ》い西日《にしび》に目《め》がくらんだ。

世《よ》の中《なか》の全員《ぜんいん》がわたしから離《はな》れていく気《き》がした。

「リン」

夕食《ゆうしょく》の時間《じかん》を待《ま》って、わたしはリンにたしかめた。

「七瀬《ななせ》さん、今日《きょう》、陸上部休《りくじょうぶやす》んだ？」

口《くち》の中《なか》のものをこくんと飲《の》みこんでから、リンは「うん」とだけうなずいた。

リンはこの夜《よる》も食欲不振《しょくよくふしん》で、なかなか減《へ》らないお皿《さら》のトンカツをむりやり口《くち》に押《お》しこんでいる感《かん》じ。見《み》ているこっちまで胃《い》が重《おも》たくなる。

最近《さいきん》はたしかに煮物《にもの》つづきだったから、意表《いひょう》をついて揚《あ》げ物《もの》に挑戦《ちょうせん》してみたものの、こんな胃《い》にもたれるものを作《つく》るべきじゃなかった。

最後《さいご》のひときれを残《のこ》して、わたしは箸《はし》を置《お》いた。

「七瀬《ななせ》さんね、今日《きょう》、わたしのこと避《さ》けてたみたい」

つぶやくなり、リンが「え」とふりむいた。

「七瀬《ななせ》さん？」

「わたし、なんか悪《わる》いことしたかな」

「ちがうよ。陽子《ようこ》のせいじゃないよ」

「なんでわかるの？」

「だって、ぼくのせいだもん」

え？　と聞《き》きかえすよりも早《はや》く、リンが席《せき》を立《た》った。すたすたとリビングを去《さ》ってい

く。水《みず》でも飲《の》みに行《い》ったのかと思《おも》っていたわたしも、階段《かいだん》をのぼる足音《あしおと》を耳《みみ》にして、あわ

ててあとを追《お》いかけた。

「リン。入《はい》っていい？」

「いいよ」

リンの部屋《へや》はいつ来《き》てもすっきりと片《かた》づいている。わたしの部屋《へや》と同《おな》じ六畳《じょう》なのに

ずっと広々《ひろびろ》として見《み》える。壁《かべ》には外国《がいこく》の陸上選手《りくじょうせんしゅ》の写真《しゃしん》がたくさん貼《は》ってあるけど、床《ゆか》に

あるのは勉強机《べんきょうづくえ》とベッドくらい。

リンはそのベッドで大《だい》の字《じ》になっていた。さわやかなグリーンのベッドカバーの上《うえ》に、

さわやかとはほど遠《とお》い顔《かお》がある。

「陽子《ようこ》にはだまってたけど……」

わたしが口《くち》を開《ひら》く前《まえ》に、リンのほうから切《き》りだした。

「七瀬《ななせ》さんのこと陸上部《りくじょうぶ》に誘《さそ》ったの、ぼくなんだ」

わたしはだまってベッドへ足《あし》を進《すす》めた。リンの足《あし》もとのあたりに腰《こし》かける。

リンはいつものおっとりとしたテンポでしゃべりだした。

「七瀬《ななせ》さん、夏休《なつやす》みに毎日学校《まいにちがっこう》に来《き》ててね、ぼくたちの練習《れんしゅう》ずっと見《み》てたから。暑《あつ》いのにさ、校庭《こうてい》の隅《すみ》にいつも立《た》ってるんだ。ぼく、なんだか気《き》になっちゃって。もしかしたら陸上部《りくじょうぶ》に入《はい》りたいのかと思《おも》って、声《こえ》かけてみたの。一緒《いっしょ》に走《はし》らない、って。そしたらつぎの日《ひ》、七瀬《ななせ》さん、体操服着《たいそうふくき》てきたんだ。けっこうぼく、そのとき、うれしかった」

いつか七瀬《ななせ》さんが言《い》っていた。仲間外《なかまはず》れになるのを覚悟《かくご》して陸上部《りくじょうぶ》に入《はい》ったとき、ハードルをひとつ越《こ》えた気《き》がした、と。真剣《しんけん》な声《こえ》だったなと、今《いま》さらながら思《おも》う。

「だけどさ。七瀬《ななせ》さん、せっかく陸上部《りくじょうぶ》に入《はい》ったのに、ひとりじゃ走《はし》らないんだよ」

「どういうこと？」

「七瀬《ななせ》さん、部活《ぶかつ》がはじまっても、ぼくがいないと、行《い》くまでずっと待《ま》ってるの。部室《ぶしつ》の前《まえ》でずうっと」

わたしは少《すこ》し考《かんが》えてから言《い》った。

「心細《こころぼそ》い、とか。まだ慣《な》れてないから」

「最初《さいしょ》はぼくもそう思《おも》った。でも、もう入部《にゅうぶ》して三か月《げつ》も経《た》つのに、七瀬《ななせ》さん、ずっとそうなんだよ。たまにホームルームが三十分《ぷん》ぐらい遅《おく》れるでしょ。ぼく、どうか七瀬《ななせ》さんが走《はし》ってますようにって思《おも》いながら行《い》くの。でも、やっぱり待《ま》ってるんだ。だんだんね、先輩《せんぱい》たちも七瀬《ななせ》さんのこと、へんな子《こ》とか言《い》うようになってきちゃうし。なんかぼく、こまったなあ、って。どうしようかなあ、って。それできのう……」

「きのう?」

「きのう、ぼく、練習《れんしゅう》の途中《とちゅう》で足《あし》くじいちゃって、みんなより先《さき》にあがらせてもらったの。で、七瀬《ななせ》さんにも先《さき》に帰《かえ》るねって声《こえ》かけた。そしたら七瀬《ななせ》さん、じゃあわたしも帰《かえ》ろうかな、って」

リンが天井《てんじょう》をにらむように見《み》すえた。

「ぼく、かっときちゃったんだよ」

「かっと?」

リンが、かっと?

「それで大声《おおごえ》で言《い》っちゃった。なんでひとりで走《はし》らないの、って。みんなひとりで走《はし》ってるのに、なんで七瀬《ななせ》さんは走《はし》らないの、って」

リンの言葉《ことば》とは思《おも》えなかった。ふだんのリンならもっと遠《とお》まわしに、ややこしいぐらい時間《じかん》をかけて、あのやわらかい声《こえ》で、決《けっ》してだれの気分《きぶん》も害《がい》さないように——そんな言いかたをするはずなのに。

「驚《おどろ》いたでしょ」

「うん」

「ぼくも驚《おどろ》いた。七瀬《ななせ》さんも驚《おどろ》いてた。七瀬《ななせ》さん、泣《な》きながら帰《かえ》っちゃったんだ」

リンが寝《ね》がえりをうち、ベッドカバーに顔《かお》をうずめた。

「けっこう、ショック」

食欲不振《しょくよくふしん》の謎《なぞ》が解《と》けた。

解《と》けたものの、わたしにはどうすればいいのかさっぱりわからなかった。

リンのショックはわかる。だれかにむかって声《こえ》を荒《あら》らげて、しかもその相手《あいて》を泣《な》かせてしまった。これはリンにとって人生初《じんせいはつ》の経験《けいけん》なのだ。

七瀬《ななせ》さんだってショックだったと思《おも》う。まさかリンにそんなことを言《い》われるなんて夢《ゆめ》にも思《おも》わなかっただろうから。

でも、肝心《かんじん》なところがわからない。

部室《ぶしつ》の前《まえ》でじっとリンを待《ま》っていた七瀬《ななせ》さんの気持《きも》ち。

自分《じぶん》のハードルを越《こ》えるように、七瀬《ななせ》さんは必死《ひっし》の思《おも》いで陸上部《りくじょうぶ》に入《はい》った。夏休《なつやす》み、校《こう》庭《てい》の隅《すみ》から陸上部《りくじょうぶ》の練習《れんしゅう》を見《み》つめていたのは、長《なが》い長《なが》い助走《じょそう》の時間《じかん》だったのかもしれない。それなのに、どうしてひとりでは走《はし》ろうとしないのか。

「ね、リン。七瀬《ななせ》さん、なんで陸上部《りくじょうぶ》に入《はい》ったのかな」

「さあ。なにかやりたかったんじゃないのかな。来年《らいねん》は受験《じゅけん》だし、なにかやるなら今《いま》しかないって、そんなようなこと言《い》ってたから」

「でも、どうして陸上部《りくじょうぶ》だったのかな。ほかにも部活《ぶかつ》はいっぱいあるでしょ。陸上部《りくじょうぶ》なんて地味《じみ》だし、見《み》てでもそんなに楽《たの》しそうじゃないし、どっちかっていうとものすごく苦《くる》しそうなのに」

「ぼくは楽《たの》しいよ、走《はし》るの。でも、七瀬《ななせ》さんのことまではわかんない。七瀬《ななせ》さんがどうして陸上《りくじょう》を選《えら》んだのかなんて」

もしもその理由《りゆう》がリンだったら。

リンがいるから陸上部《りくじょうぶ》を選《えら》んだのだとしたら、わたしはちょっとがっかりだ。うちに夕《ゆう》食《しょく》を食《た》べにきたのも、一緒《いっしょ》に屋根《やね》にのぼったのも、みんな同《おな》じ理由《りゆう》に思《おも》えてしまうから。

「けっこう、ショック」

わたしはリンを真似《まね》てつぶやいた。

「なんだよ、陽子《ようこ》まで」

「だってわたし、七瀬《ななせ》さん、走《はし》るの好《す》きなんだと思《おも》ってたもん。だから陸上部《りくじょうぶ》に入《はい》ったんだって。だから仲間外《なかまはず》れになってもがんばってるんだって。でも、なんだかわかんなくなっちゃった」

「そんなの本人《ほんにん》に聞《き》かなきゃわかんないよ」

「そうだけど」

「陽子《ようこ》、聞《き》いてみたら？」

「え」

「ぼく、陽子《ようこ》にだったら七瀬《ななせ》さん、打《う》ちあけてくれる気《き》がする。なんで陸上部《りくじょうぶ》に入《はい》ったのかとか。どうして今日《きょう》、部活《ぶかつ》に出《で》なかったのかとか。ついでにぼくのこと、怒《おこ》ってるかどうかも……」

　リンが甘《あま》えた上目《うわめ》づかいでわたしの表情《ひょうじょう》をうかがう。

「なに言《い》ってんのよ。もともとあんたと七瀬《ななせ》さんのことじゃない。自分《じぶん》で聞《き》きなさいよ」

「だからきのう、聞《き》こうとしたじゃん。それで七瀬《ななせ》さんのこと傷《きず》つけちゃったんだよ」

「今度《こんど》はもっと上手《じょうず》に聞《き》いてみるの」

「だって七瀬《ななせ》さん、もう口《くち》きいてくれないかもしれないし」

「男《おとこ》のくせにめめしいなあ」

「陽子《ようこ》は姉《あね》のくせに冷《つめ》たいなあ」

「リン。ライオンの親《おや》はね……」

「子供《こども》を崖《がけ》から突《つ》き落《お》とすって話《はなし》だったら、また今度《こんど》にして」

毎晩《まいばん》の食事当番《しょくじとうばん》も押《お》しつけあったことのないわたしたちが、このときばかりはやけに頑《かたく》なで、とうとうどちらも「自分《じぶん》が七瀬《ななせ》さんに聞《き》く」とは言《い》わなかった。

結局《けっきょく》、わたしたちはこわかったのだ。

七瀬《ななせ》さんの答《こた》えがこわかった。

七瀬《ななせ》さんにがっかりしたくなかった。


それからの日々《ひび》は、ひたすらに、暗《くら》かった。

二十四色《しょく》の絵《え》の具《ぐ》のうち、黒《くろ》だけをすりへらしていくような毎日《まいにち》。

と言《い》いつつ、わたしはあいかわらずみっちゃんたちとバレーボールに燃《も》えたり、休日《きゅうじつ》はほかの友達《ともだち》の家《いえ》に遊《あそ》びにいったり、退屈《たいくつ》な夜《よる》には新《あたら》しい料理《りょうり》の研究《けんきゅう》をしたりと、それなりに工夫《くふう》して楽《たの》しんでいたのだけど。

暗《くら》いのはまわりの連中《れんちゅう》だった。

リンの食欲《しょくよく》はもとにもどったものの、いつもの元気《げんき》はもどらなかった。

リンは滅多《めった》に落《お》ちこまない子《こ》だけど、そのぶん落《お》ちこむと長《なが》びく。時間《じかん》が経《た》つにつれて、「七瀬《ななせ》さんはきっと怒《おこ》っている」から「七瀬《ななせ》さんは確実《かくじつ》に怒《おこ》っている」に。「七瀬《ななせ》さんに嫌《きら》われたかもしれない」が「七瀬《ななせ》さんに絶交《ぜっこう》されてしまった」に。しまいには「十年後《ねんご》には七瀬《ななせ》さんとも笑《わら》って話《はな》せるかな」なんて薄気味《うすきみ》悪《わる》くほほえむ始末《しまつ》だ。

七瀬《ななせ》さんのほうは……というと、あれ以来《いらい》、陸上部《りくじょうぶ》に一度《いちど》も顔《かお》を出《だ》していないらしい。教室《きょうしつ》でもわたしを避《さ》けつづける。

へんな話《はなし》だと思《おも》った。いくら姉弟《きょうだい》でもわたしとリンは別人《べつじん》なのに、どうしてわたしまで避《さ》けるのか。リンとけんかしたら、わたしとも赤《あか》の他人《たにん》になるのか。だったら今《いま》まで仲《なか》良《よ》くしていたのはなんだったのか。

リンに話《はなし》を聞《き》いてからというもの、わたしはひそかに待《ま》っていたのだ。七瀬《ななせ》さんがわたしに相談《そうだん》してくれるのでは、と期待《きたい》していた。

相談《そうだん》どころか、よりつこうともしない。

七瀬《ななせ》さんはわたしと仲《なか》よくなる前《まえ》の七瀬《ななせ》さんにもどって、教室《きょうしつ》でもひとり、廊下《ろうか》でもひとり、帰《かえ》り道《みち》もひとり。

不可解《ふかかい》を通《とお》りこし、わたしは不愉快《ふゆかい》にまでなっていた。

そして、キオスク。一番《いちばん》、悲惨《ひさん》なのはキオスクだった。

キオスクの欠席《けっせき》はすでに三週間近《しゅうかんちか》くも続《つづ》き、わたしの不登校《ふとうこう》二週間《しゅうかん》の記録《きろく》を更新《こうしん》していた。それなのに、クラスのだれひとりキオスクのことなんて心配《しんぱい》していない。心配《しんぱい》どころか、話題《わだい》にものぼらない。

キオスクを便利《べんり》に使《つか》っていた男子《だんし》たちにしても、べつにこまっている様子《ようす》はなかった。給食当番《きゅうしょくとうばん》もトイレ掃除《そうじ》も、だれかが代《か》わってくれればラッキーだけど、自分《じぶん》でやるのがいやでたまらないわけじゃないのだ。駅《えき》のキオスクが閉《し》まっていたら、ちょっと面倒《めんどう》だけど近《ちか》くのコンビニまで足《あし》を延《の》ばせばいい。それだけのことだった。

唯一《ゆいいつ》さみしそうに見《み》えたのは、ご主人《しゅじん》をなくした机《つくえ》と椅子《いす》だけ。そのぽっかりとした空間《くうかん》に目《め》をむけるたび、わたしはキオスクの口癖《くちぐせ》を思《おも》いだした。

「今《いま》のぼくはね、仮《かり》の姿《すがた》なんだ。本当《ほんとう》のぼくはもっとちがうところにいるんだよ」

そうなのかもしれない、とさえ思《おも》った。

仮《かり》の姿《すがた》でもなければ納得《なっとく》がいかない。

だってキオスクはあまりにも自然《しぜん》に教室《きょうしつ》から消《き》えたのだ。ついこのあいだまでここにキオスクがいた、と考《かんが》えるほうが不自然《ふしぜん》なくらいに。

完全《かんぜん》に忘《わす》れられていた。

そして、わたしも。

早《はや》く忘《わす》れてしまいたいと願《ねが》っていたあの夜《よる》のことを、キオスクの瞳《ひとみ》を、後《うし》ろ姿《すがた》を、本《ほん》当《とう》に早《はや》く忘《わす》れてしまった。キオスクのこと自体《じたい》を忘《わす》れかけていた。

あの日《ひ》。

クラスの全員《ぜんいん》がいっせいにキオスクのことを思《おも》いだした、あの日《ひ》が来《く》るまでは。

8

「キオスクが自殺《じさつ》したっ」

おはよう、と教室《きょうしつ》に足《あし》を踏《ふ》みいれたとたん、数人《すうにん》の女子《じょし》がどっとわたしに飛《と》びついてきた。

教室《きょうしつ》はリオのカーニバルなみの騒々《そうぞう》しさで、ストーブの熱《ねつ》がむんむんと立《た》ちこめて、わたしはわけがわからなくなって、足《あし》もとがぐらぐらして、頭《あたま》もくらくらになって、吐《は》き気《け》までこみあげてきたときになってようやく、

「でも失敗《しっぱい》したっ」

だれかが続《つづ》きをさけんだ。

力《ちから》がぬけすぎて、倒《たお》れそうだった。

実際《じっさい》、よろっと後《うし》ろに体《からだ》をのめらせたわたしに、

「本当《ほんとう》だよ」

女子《じょし》たちが口々《くちぐち》に声《こえ》をはりあげる。

「キオスク、自殺《じさつ》に失敗《しっぱい》して怪我《けが》したんだって」

「きのうの夜《よる》、病院《びょういん》に運《はこ》びこまれたんだって」

「だいじょうぶ、ちゃんと生《い》きてるよ」

「もう学校《がっこう》じゅう大騒《おおさわ》ぎだよ。今《いま》、緊急《きんきゅう》の職員会議《しょくいんかいぎ》やってんの」

「ちょっと待《ま》って」

わたしはみんなを止《と》めた。頭《あたま》が混乱《こんらん》して、どんな言葉《ことば》も耳鳴《みみな》りみたいにごわごわと聞《き》こえてくる。ただでさえ教室中《きょうしつじゅう》がひどいやかましさなのだ。みんなが興奮《こうふん》の顔《かお》でキオスクの名前《なまえ》を連発《れんぱつ》している。

キオスクが自殺《じさつ》。

キオスクが自殺《じさつ》。

キオスクが自殺《じさつ》。

あの臆病《おくびょう》なキオスクが、自殺《じさつ》？

信《しん》じられない。

鞄《かばん》を胸《むね》の前《まえ》で抱《だ》きしめ、かたく両目《りょうめ》をつぶっていると、急《きゅう》にあたりがしんとした。

「飯島《いいじま》、ちょっと」

はりつめた声《こえ》。目《め》を開《ひら》くと、入《い》り口《ぐち》の扉《とびら》から担任《たんにん》が顔《かお》をのぞかせていた。

「来《き》てくれ。聞《き》きたいことがある」

十二月八日《がっようか》。恐《おそ》ろしく長《なが》い一日《にち》がこうしてはじまった。


聞《き》きたいことというのは、当然《とうぜん》、キオスクについてだった。

担任《たんにん》に連《つ》れられて会議室《かいぎしつ》へ入《はい》ると、細長《ほそなが》いテーブルの奥《おく》で学年主任《がくねんしゅにん》の教師《きょうし》が待《ま》ちかまえていた。担任《たんにん》は学年主任《がくねんしゅにん》の横《よこ》に、わたしはふたりのむかい側《がわ》に腰《こし》かけた。

質問《しつもん》というよりは、尋問《じんもん》だった。最近《さいきん》、キオスクから連絡《れんらく》はなかったか。なやみを相談《そうだん》されたことはないか。キオスクの不登校《ふとうこう》について心《こころ》あたりはないか。ふたりの教師《きょうし》はわたしを「相川和男《あいかわかずお》と唯一親《ゆいいつした》しくしていたお友達《ともだち》」と思《おも》いこんでいるらしく、根《ね》ほり葉《は》ほり探《さぐ》りを入《い》れてくる。

とんだ誤解《ごかい》だった。たしかにうちのクラスでキオスクと話《はなし》をしていたのはわたしぐらいだけど、それはキオスクがしつこくくっついてくるからで、わたしはしぶしぶ相手《あいて》をしていただけ。友達《ともだち》なんていえない。わたしはきのうまでキオスクの存在《そんざい》さえ忘《わす》れかけていたのだから。

でも、そうしたことをこつこつと説明《せつめい》できるほど、わたしはまともな状態《じょうたい》じゃなかった。

耳鳴《みみな》りがやまない。

「こまるな。これはね、うちの学校《がっこう》はじまって以来《いらい》の大問題《だいもんだい》なんだよ」

だんまりを決《き》めこんだわたしに、学年主任《がくねんしゅにん》の声《こえ》がいらだってきた。

「三週間《しゅうかん》もの不登校《ふとうこう》のあとでの今回《こんかい》の一件《いっけん》だ。原因《げんいん》は学校《がっこう》にあると思《おも》われて当然《とうぜん》だろう。なんにも知《し》らないじゃ、こまるんだよ」

だったらどうして今《いま》まで放《ほう》っておいたのか。キオスクがうちのクラスから孤立《こりつ》していることぐらい、教師《きょうし》たちだって知《し》っていたはずなのに。

わたしにも言《い》いぶんはあったけど、反抗《はんこう》するだけの元気《げんき》もなく、担任《たんにん》にむかってたったひと声《こえ》をしぼりだすのが精一杯《せいいっぱい》だった。

「キオスク、自殺《じさつ》なんて、本当《ほんとう》ですか？」

「ご両親《りょうしん》は事故《じこ》ってことで内密《ないみつ》にすませようとしている。相川《あいかわ》の将来《しょうらい》を考《かんが》えるとな、われわれだって警察沙汰《けいさつざた》にはしたくないんだよ。が、どこからもれたのかこのうわさの広《ひろ》まりようだ。正直《しょうじき》、参《まい》っている」

「うわさが本当《ほんとう》だから?」

「本当《ほんとう》のところはだれにもわからん」

「どうして?」

「相川《あいかわ》がだまりこんで話《はな》さない」

「キオスク、病院《びょういん》に運《はこ》ばれたって……」

急《きゅう》に不安《ふあん》がよせてきた。

「怪我《けが》したって、ひどいんですか?」

「いや、幸《さいわ》いたいしたことはなかったんだ。右腕《みぎうで》の単純骨折《たんじゅんこっせつ》だけですんだ。もう自宅《じたく》にもどっているよ」

「骨折《こっせつ》?」

「二階《かい》の窓《まど》から飛《と》びおりたんだよ」

学年主任《がくねんしゅにん》が口《くち》をはさんだ。

「真夜中《まよなか》に、自分《じぶん》の部屋《へや》の窓《まど》からね。まったく思《おも》いきったことをしてくれたもんだよ。骨折《こっせつ》だけですんだのが奇跡《きせき》みたいなもんだ」

真夜中《まよなか》に、自分《じぶん》の部屋《へや》の窓《まど》から――。

なにかが胸《むね》に引《ひ》っかかった。

耳鳴《みみな》りがやんだ。


それ以降《いこう》の会話《かいわ》はほとんど憶《おぼ》えていない。自分《じぶん》の考《かんが》えにふけっていたわたしが生返事《なまへんじ》ばかりしていたら、ついには学年主任《がくねんしゅにん》のほうが音《ね》をあげた。

「時間《じかん》の無駄《むだ》だな。きみ、もうもどっていいよ」

そのまま帰《かえ》らせてくれればよかったのに、学年主任《がくねんしゅにん》はよけいな一言《ひとこと》を言《い》いそえた。

「ふてぶてしい子《こ》だね。友達《ともだち》が死《し》にかけたっていうのに」

かちんときた。勝手《かって》に呼《よ》びつけて質問《しつもん》ぜめにして、わたしをキオスクの友達《ともだち》と思《おも》いこんでいるわりに無神経《むしんけい》なことばかり言《い》っていたくせに。

「あんたこそ」

ふりかえりざま、わたしは学年主任《がくねんしゅにん》をにらみつけて言《い》った。

「生徒《せいと》が自殺《じさつ》したのに世間体《せけんてい》ばっかり気《き》にして、よくいるタイプのいやなやつ」

後《うし》ろ手《で》に扉《とびら》をたたきつける。

猛烈《もうれつ》にむかむかしてきた。

あとから思《おも》うと、まったく最悪《さいあく》のタイミングだったと思《おも》う。

会議室《かいぎしつ》を出《で》たとたん、目《め》の前《まえ》に七瀬《ななせ》さんが立《た》っていたのだ。廊下《ろうか》の壁《かべ》にもたれてわたしを待《ま》っていた。

「陽子《ようこ》ちゃん、あの……」

呼《よ》びとめる声《こえ》を無視《むし》して、七瀬《ななせ》さんの前《まえ》を通《とお》りすぎた。しつこいようだけど猛烈《もうれつ》にむかついていた。

「陽子《ようこ》ちゃん？」

七瀬《ななせ》さんは追《お》ってきた。

どうせキオスクのことだろう、とわたしは思《おも》った。みんなでよってたかってキオスクのことを聞《き》きだそうとする。わたしを避《さ》けていた七瀬《ななせ》さんまでが。

「あの、相川《あいかわ》くん、本当《ほんとう》に……」

「キオスクに聞《き》いてよ」

わたしは七瀬《ななせ》さんの声《こえ》をさえぎって言《い》った。

「どうしてわたしに聞《き》くの？　わたし、キオスクの友達《ともだち》なんかじゃない。悪口《わるくち》ばっかり言《い》ってたの、七瀬《ななせ》さんだって知《し》ってるでしょ」

七瀬《ななせ》さんがぴくっと身《み》を引《ひ》いた。

「それに七瀬《ななせ》さん、今《いま》までわたしのこと無視《むし》してたんじゃなかった？　リンとけんかしたとたん、わたしのことまで避《さ》けて、陸上部《りくじょうぶ》にも出《で》なくなって……」

言《い》いながら早《はや》くも後悔《こうかい》がはじまっていたけど、口《くち》が止《と》まらない。おさえきれない。

「リンがいなきゃ走《はし》らないし、わたしとも遊《あそ》ばないの？　暗《くら》いよ、七瀬《ななせ》さん。そういうの暗《くら》いよ」

七瀬《ななせ》さんの顔《かお》がみるみる赤《あか》くなる。なにか言《い》いたげに口《くち》を開《ひら》いても、ただくちびるが小《ちい》さく震《ふる》えただけだった。

「もう、いい」

また背中《せなか》をむけられる前《まえ》に、わたしから背中《せなか》をむけた。

階段《かいだん》を駆《か》けのぼり、教室《きょうしつ》へとひた走《はし》る。

一時間目《じかんめ》が自習《じしゅう》になったのをいいことに、教室《きょうしつ》ではあいかわらずのバカ騒《さわ》ぎが続《つづ》いていた。「わたしは救急車《きゅうきゅうしゃ》のサイレンを聞《き》いた」と、先頭《せんとう》をきって大声《おおごえ》をはりあげる学級委員長《がっきゅういいんちょう》。自殺《じさつ》の動機《どうき》について議論《ぎろん》する男子《だんし》たち。女子《じょし》の大半《たいはん》はキオスクに同情的《どうじょうてき》で、「みんなでお見舞《みま》いに行《い》きましょう」なんて声《こえ》も聞《き》こえてくる。だれもかれもが親友《しんゆう》みたいな顔《かお》でキオスクについて語《かた》っている。

三週間前《しゅうかんまえ》まではキオスクに「おはよう」も言《い》わなかった二年C組《ねんシーぐみ》のみなさん。

戸口《とぐち》からそんな様子《ようす》をながめているうちに、わたしは教室《きょうしつ》に入《はい》る気《き》をなくしていった。

あいかわらずむかむかは続《つづ》いていたけど、いったいだれに対《たい》してだかわからなくなってきた。

むきになって走《はし》ったせいで、ウエストのあたりがじっとりと汗《あせ》ばんでいる。まだスクールコートを着《き》こんだまま、手袋《てぶくろ》さえ外《はず》していなかったのだ。丁寧《ていねい》に鞄《かばん》まで抱《かか》えている。

せっかくだからこのまま帰《かえ》ってしまうことにした。


数《すう》十分後《ぷんご》。わたしは公園《こうえん》のベンチでがくがくと震《ふる》えていた。

行《い》かなきゃいけないところがあるのにどうしても足《あし》が進《すす》まず、かといって家《いえ》に帰《かえ》る気《き》にもならず、ぶらぶら歩《ある》いているうちにここへ来《き》ていたのだ。

学校《がっこう》をサボっていたころ、ちょくちょく日光浴《にっこうよく》に来《き》ていた馴染《なじ》みの公園《こうえん》。

木陰《こかげ》にひっそりとあるベンチがわたしのお気《き》にいりだった。ここに座《すわ》って空《そら》をあおぐと、大木《たいぼく》の枝《えだ》が目《め》の前《まえ》に広《ひろ》がって、透《す》けて見《み》える木《こ》もれ日《び》がきらきらとまぶしかった。

でも今日《きょう》は灰色《はいいろ》のくもり空《ぞら》で、枝《えだ》には一枚《まい》の葉《は》っぱも残《のこ》っていない。木《こ》もれ日《び》どころか北風《きたかぜ》の王様《おうさま》みたいなやつがえらそうに吹《ふ》きすさんでいる。

わたしはいったいなにをしているんだろう？

モヘアの手袋《てぶくろ》を両頬《りょうほほ》に押《お》しあてて思《おも》った。

キオスクの家《いえ》に行《い》かなきゃいけない。

行《い》って、たしかめたいことがある。

なのに体《からだ》が動《うご》かなかった。

こわかった。

今《いま》さらキオスクに会《あ》うのがこわかった。

わたしは甘《あま》くみていたのだ。

自分《じぶん》にとって二週間《しゅうかん》の不登校《ふとうこう》なんてたいしたことじゃなかったから、キオスクにとってもたいしたことじゃないと決《き》めつけていた。

不登校《ふとうこう》の原因《げんいん》についても考《かんが》えないようにしていた。

わずらわしいことになるのがいやだった。

自分《じぶん》には関係《かんけい》ないと思《おも》いたかった。

逃《に》げていた。

七瀬《ななせ》さんがわたしを避《さ》けていたように、わたしもキオスクから逃《に》げていた。

——暗《くら》いのは、わたしだ。

ふいに砂場《すなば》から子供《こども》の泣《な》き声《ごえ》がして、わたしはぼんやり目《め》をやった。五歳《さい》ぐらいの男《おとこ》の子《こ》が顔《かお》をぐしゃぐしゃにして泣《な》いている。転《ころ》んでしまったらしく、まだ若《わか》いお母《かあ》さんがひざについた砂《すな》をはらっていた。

「泣《な》かないの。強《つよ》い子《こ》でしょ」

ながめているうちに胸《むね》のあたりが苦《くる》しくなってきた。

何年《なんねん》かぶりに、わたしも泣《な》いた。

もらい泣《な》きだ、と自分《じぶん》に言《い》いきかせた。


「公園《こうえん》に八時間《じかん》」

さおりさんはしみじみとつぶやいた。

「あんた、ばっかじゃないの？」

異議《いぎ》はなかった。

「わたしもそう思《おも》う」

「なんでまたそんなことを」

「立《た》ちあがるのが億劫《おっくう》だったの。じっとしてたい気分《きぶん》だったのよ。あるでしょ、そういうこと」

冷《つめ》たくなったコートをハンガーにかけて、バスルームへと直行《ちょっこう》した。

「お風呂《ふろ》、貸《か》してね」

バスタブからはちゃんと湯気《ゆげ》がのぼっていた。あたたかいお風呂《ふろ》。夢《ゆめ》のようだった。爪《つま》先《さき》からゆっくりと全身《ぜんしん》をひたすと、溶《と》けていく氷《こおり》のように自分《じぶん》が小《ちい》さくなっていく感《かん》じがした。

麻痺《まひ》していた体《からだ》のすみずみが復活《ふっかつ》する。

頭《あたま》のほうも少《すこ》しずつ正気《しょうき》にもどっていくようだ。

公園《こうえん》に八時間《じかん》。たしかにふつうじゃなかったと思《おも》う。

「さっき家《いえ》に電話《でんわ》いれといたわよ。心配《しんぱい》してると悪《わる》いから」

さおりさんのパジャマに着替《きが》えてバスルームを出《で》ると、台所《だいどころ》からさおりさんの声《こえ》。

「どうせリンしかいなかったでしょ」

いい匂《にお》いに引《ひ》かれ、わたしは台所《だいどころ》へと足《あし》を忍《しの》ばせた。

さおりさんは特大《とくだい》の中華鍋《ちゅうかなべ》で焼《や》きうどんを炒《いた》めていた。通常《つうじょう》のフライパンではおさまりそうにない大量《たいりょう》のうどんがぶちこまれている。

「なにそれ。お客《きゃく》さんでも来《く》るの？」

「リンよ。陽子《ようこ》がこっちに来《き》てるって言《い》ったら、自分《じぶん》もすぐに来《く》るって。あいかわらずうるわしい姉弟愛《きょうだいあい》だね」

「リン、友達《ともだち》でも連《つ》れてくるの？」

「なんでよ」

「だって、そのうどん。五人前《にんまえ》はあるんじゃない」

「だいじょうぶ。リンなら三人前《にんまえ》ぐらいぺろっといっちゃうわよ」

さおりさんのはりきりぶりを前《まえ》に、わたしは「うーん」と両腕《りょううで》を組《く》んだ。

食欲《しょくよく》がもどったとはいえ、最近《さいきん》のリンは以前《いぜん》に比《くら》べるとだいぶ小食《しょうしょく》になっている。三人前《にんまえ》どころか二人前《にんまえ》にも無理《むり》がありそうだった。

しかし、すでにうどんはぶちこまれている。

もうこうなったらなにもかもどうにでもなれ、だった。

「で？」

九時《じ》すぎ、リンの到着《とうちゃく》を待《ま》って夕食《ゆうしょく》の席《せき》につくなり、さおりさんは早速《さっそく》、探《さぐ》りをいれてきた。

「いったいなにがあったのよ」

「なにがって？」

「陽子《ようこ》が電話《でんわ》もしないで突然来《とつぜんく》るなんて、はじめてじゃない。だいたいね、公園《こうえん》に八時間《じかん》もいたってことは、あんた、学校《がっこう》サボってるでしょ」

「早退《そうたい》。サボったなんて縁起《えんぎ》でもない」

「で、なにがあったの？」

「もしかして」

横《よこ》からリンがつぶやいた。

「相川《あいかわ》くんのこと？」

「え、なんで知《し》ってるの？」

「知《し》らないやつなんていないよ、学校中《がっこうじゅう》、すごいうわさだもん。相川《あいかわ》くんが……」

「リン」

言《い》っちゃだめ、とわたしは目《め》で止《と》めた。

リンが素直《すなお》にうなずき、さおりさんが仏頂面《ぶっちょうづら》をする。

「なに姉弟《きょうだい》でこそこそやってんのよ。感《かん》じ悪《わる》い」

「なんでもない。ちょっと友達《ともだち》とね、いろいろあって」

「いろいろって、なによ。けんかでもしたの？」

「けんかっていうか、けんかじゃないっていうか」

「どっちよ」

「そんなに単純《たんじゅん》じゃないの」

「ふうん」

「複雑《ふくざつ》なのよ、学校《がっこう》の人間関係《にんげんかんけい》。けっこう疲《つか》れるんだから」

「それで学校《がっこう》を飛《と》びだしてきたってわけ？　陽子《ようこ》もかわいいとこあるじゃない」

さおりさんは勝手《かって》に納得《なっとく》し、ふむふむうなずきながら「あら？」とリンの皿《さら》を見《み》おろした。

「リン、あんた進《すす》んでないじゃない」

「だってさおりさん、これ、すもう部屋《べや》サイズだよ」

「いつもそれくらい食《た》べるでしょ」

「最近《さいきん》ぼく、胃《い》が小《ちい》さくなったの」

「え、なによそれ。がつがつ食《た》べないリンなんてリンじゃないわよ。なんかあったの？　なやみごと？」

「いやべつに、なやみっていうか、なやみじゃないっていうか」

「どっちよ」

「そんなに単純《たんじゅん》じゃないんだって」

「あんたまで？」

さおりさんがあきれ顔《がお》で箸《はし》を投《な》げだした。

「まったくどうなってるんだか。姉弟《きょうだい》そろってしんきくさい顔《かお》して」

ついでに湯飲《ゆの》みも押《お》しやり、いそいそとサイドボードへ歩《あゆ》みよる。ワインのボトルをわが子《こ》のように抱《だ》きしめてもどってきた。

さおりさんがお酒《さけ》を飲《の》みはじめてから、舌《した》がフル回転《かいてん》しだすまでには三十分《ぷん》ほどかかる。説教《せっきょう》がはじまる前《まえ》に逃《に》げだしたいのはやまやまだけど、このままおとなしく帰《かえ》してもらえるわけもなく、わたしとリンは嵐《あらし》の前《まえ》の静《しず》けさの中《なか》でうどんをつつきつづけた。

「でもまあ、考《かんが》えてみればちょっとうらやましい感《かん》じもするわ」

やがて、ついにはじまった。

「友達《ともだち》のことでなやんだりするのって、学生《がくせい》の特権《とっけん》みたいなとこあるもんね」

「特権《とっけん》？」

「社会《しゃかい》に出《で》るとさ、なやみごとっていうのも仕事《しごと》のこととか、お金《かね》のこととか、まあ恋愛《れんあい》問題《もんだい》とか、結婚《けっこん》したらしたで子供《こども》だとか親戚《しんせき》だとか……。あとは自分自身《じぶんじしん》かな。ほとんど自分《じぶん》のことでなやんでるのかな。純粋《じゅんすい》に友達《ともだち》のことでなやむなんてこと、滅多《めった》になくなっていくもんだから」

そう言《い》うさおりさんにも、なにかなやみがあるのかもしれない。さおりさんの舌《した》にいつもの迫力《はくりょく》がなかった。ぽつぽつ口《くち》にする言葉《ことば》も、説教《せっきょう》というよりはひとりごとに近《ちか》い。

わたしはふと気《き》になって聞《き》いた。

「さおりさん、転職先《てんしょくさき》、決《き》まった？」

「まだ。でも関連会社《かんれんがいしゃ》からいくつか声《こえ》がかかってんの。だいじょうぶよ、転職《てんしょく》だってはじめてじゃないし。会社《かいしゃ》くらい変《か》わっても心意気次第《こころいきしだい》でどうにでもなる」

さらっと笑《わら》いとばしてから、さおりさんは「でもね」と真顔《まがお》になった。

「でも学校《がっこう》はちがうよ。ほかの学校《がっこう》ととりかえようったって、そうはいかないから」

「わかってる。そこが問題《もんだい》なのよ」

「あら、そこがいいところじゃないの」

「いいところ?」

「陽子《ようこ》もリンも年《とし》をとればわかるよ。あとからふりかえるとさ、職場《しょくば》なんて選《えら》ぼうと思《おも》えばいくつもあったけど、中学校《ちゅうがっこう》はたったひとつだ。だから貴重《きちょう》だったたって」

「わたし、ふりかえらないもん」

「そう思《おも》ってても限界《げんかい》がくるのよ。ま、今《いま》のあんたたちに言《い》ってもわかんないだろうけど」

ワインをどぼどぼとグラスにつぎたすさおりさんに、リンが言《い》った。

「さおりさんは昔《むかし》のこと、よくふりかえるの?」

「そりゃそうよ。あんたたちを見《み》てるといやでも思《おも》いだすって」

「ぼく、中学生《ちゅうがくせい》のさおりさんって想像《そうぞう》つかない」

「べつに、ふつうの中学生《ちゅうがくせい》だったわよ。勉強《べんきょう》が嫌《きら》いで、掃除《そうじ》が嫌《きら》いで、体育《たいいく》のマラソンが嫌《きら》いで、給食《きゅうしょく》や放課後《ほうかご》が楽《たの》しみで、待《ま》ちどおしくて」

「本当《ほんとう》にふつうだ」

わたしとリンは顔《かお》を見《み》あわせて笑《わら》った。

「月曜日《げつようび》の集会《しゅうかい》が嫌《きら》いで」

リンが続《つづ》けて言《い》う。

「校長先生《こうちょうせんせい》のお話《はなし》が嫌《きら》いで」

わたしも加《くわ》わった。

「授業参観《じゅぎょうさんかん》が嫌《きら》いで」

「体育祭《たいいくさい》は好《す》きで」

「文化祭《ぶんかさい》も好《す》きで」

「でも後片《あとかた》づけは嫌《きら》いで」

ふたりでクスクスやっていると、さおりさんがつぶやいた。

「保健室《ほけんしつ》が大好《だいす》きだったわ」

「保健室《ほけんしつ》？」

「ときどき授業《じゅぎょう》をサボって保健室《ほけんしつ》で眠《ねむ》ってたの。保健《ほけん》の先生《せんせい》、わりと話《はなし》のわかる人《ひと》でさ。

一時間《じかん》だけお願《ねが》いって頼《たの》みこんで、目《め》をつぶってもらって。ふしぎとぐっすり眠《ねむ》れるもんなのよ。保健室《ほけんしつ》のベッドって」

言《い》いながらさおりさんは本当《ほんとう》に眠《ねむ》たくなってきたようだ。グラスをにぎる手《て》がだらんと力《ちから》をなくして、体《からだ》が横《よこ》にずりさがっていく。

「さおりさん、ベッドで寝《ね》たら？」

わたしが声《こえ》をかけても、

「目覚《めざ》めてからがよかったのよ」

さおりさんは夢《ゆめ》うつつの顔《かお》でしゃべりつづける。口《くち》もとはまだほほえんでいるのに、どこかせつなそうな瞳《ひとみ》。

「保健室《ほけんしつ》のベッドで熟睡《じゅくすい》すると、たった一時間《じかん》なのにそんな気《き》がしないの。半日《はんにち》ぐらいひとりで眠《ねむ》りつづけちゃった気《き》がして。目《め》を開《ひら》くと真《ま》っ白《しろ》いカーテンにかこまれてて。へんにさみしくなったりしてね。自分《じぶん》だけどっかに置《お》いてかれちゃったような。でも、すぐに授業終了《じゅぎょうしゅうりょう》のチャイムが鳴《な》って、廊下《ろうか》から笑《わら》い声《ごえ》が聞《き》こえてくるの。明《あか》るい笑《わら》い声《ごえ》と、足音《あしおと》がどたどた、こっちにむかってきて。そのうちに保健室《ほけんしつ》の扉《とびら》が開《あ》いて……」

耳《みみ》をすますように、さおりさんが瞳《ひとみ》を閉《と》じた。

「おはよう、さおりって、カーテンのむこうから友達《ともだち》が迎《むか》えにくるの」
わたしとリンに笑《わら》いかけるなり、さおりさんはがくんとテーブルにうつぶした。
「友達《ともだち》がね、迎《むか》えにくるのよ」

なだめたりすかしたりしながらさおりさんを寝室《しんしつ》に押《お》しこんだあと、わたしとリンは協議《きょうぎ》の末《すえ》、今夜《こんや》はここに泊《と》まっていくことに決《き》めた。ゆきがかり上《じょう》、明日《あした》の朝《あさ》はなんとしてもさおりさんに「おはよう」と言《い》わねばならないような、妙《みょう》な使命感《しめいかん》にかられてしまったのだ。

リビングのエアコンをつけっぱなしにして、わたしはソファーに、リンは床《ゆか》に敷《し》いた毛布《もうふ》に横《よこ》たわる。

眠《ねむ》れない夜《よる》だった。
わたしは思《おも》いだしていた。不登校《ふとうこう》をしていたあの二週間《しゅうかん》、わたしにはなんのなやみもなかったけれど、それでも友達《ともだち》が心配《しんぱい》して訪《たず》ねてきてくれるとうれしかった。用《よう》もなくかかってくる電話《でんわ》がうれしかった。みんなで手分《てわ》けして写《うつ》してくれた授業《じゅぎょう》のノートがうれしかった。担任《たんにん》がいきなり迎《むか》えにきたときでさえ、心《こころ》のどこかでちょっとだけ、うれしかったかもしれない。

「陽子《ようこ》、起《お》きてる？」

リンの声《こえ》がした。

「うん」

「ぼく、決《き》めた」

「なにを？」

「明日《あした》、七瀬《ななせ》さんに話《はな》しかけてみるよ」

「そう」

リンはどんなことを思《おも》いだしていたんだろう？

「わたしも」

「え？」

「わたしも明日《あした》、キオスクんちに行《い》ってみる」

口《くち》に出《だ》して言《い》うと、重《おも》たいものがすとんと落《お》ちて、ようやく眠《ねむ》れそうだった。

「おやすみ」

「おやすみ」

夢《ゆめ》の中《なか》へ連《つ》れさられるまでの数分間《すうふんかん》、さおりさんの声《こえ》がオルゴールみたいに何度《なんど》も頭《あたま》をかすめた。

授業終了《じゅぎょうしゅうりょう》のチャイムが鳴《な》って、

笑《わら》い声《ごえ》と足音《あしおと》がどたどた、

そして友達《ともだち》が迎《むか》えにくる――。

9

翌朝《よくあさ》。ベッドの上《うえ》でうすらぼやけた顔《かお》をしているさおりさんに、おはよう、とさわやかに笑《わら》いかける。

つもりだったのに、反対《はんたい》にたたき起《お》こされてしまった。

「あんたたち、さっさと起《お》きて学校《がっこう》に行《い》きなさいっ。まったく人《ひと》んちでいつまで寝《ね》てんのよ。ああ、邪魔《じゃま》くさい。朝《あさ》ごはん？　そのへんのパンでも齧《かじ》ってな。わたしだって朝《あさ》は忙《いそが》しいんだから」

あんまりな仕打《しう》ちである。

「ぼく、もう二度《にど》とここには泊《と》まらないって、誓《ちか》いなおしたよ」

「わたしも、もう二度《にど》と酔《よ》っぱらいのたわごとは真《ま》に受《う》けない」

ふたりして追《お》いだされるようにマンションの部屋《へや》を出《で》た。

冬《ふゆ》にしては上出来《じょうでき》のいい天気《てんき》だった。雲《くも》のかけらもない青空《あおぞら》に太陽《たいよう》がきらめいて、きのうと同《おな》じ日本《にほん》とは思《おも》えない。

ぎゅうぎゅうづめの電車《でんしゃ》にゆられて駅《えき》に到着《とうちゃく》。そこから学校《がっこう》までの徒歩《とほ》十五分《ふん》の道《みち》すがら、リンは寝不足《ねぶそく》ぎみの目《め》をしょぼしょぼさせながら、ゆうべ寝《ね》る前《まえ》に考《かんが》えたことを教《おし》えてくれた。

わたしが不登校《ふとうこう》のことを思《おも》いだしていたとき、リンは七瀬《ななせ》さんの準備体操《じゅんびたいそう》を思《おも》いだしていたという。

「ぼく、七瀬《ななせ》さんの準備体操《じゅんびたいそう》、好《す》きなんだ。だってすごく一生懸命《いっしょうけんめい》なんだもん。ゆっくりとね、筋肉《きんにく》のひとつひとつをのばしていくの。本当《ほんとう》にゆっくり、時間《じかん》かけてやるんだよ。放《ほう》っとくと準備体操《じゅんびたいそう》だけで日《ひ》が暮《く》れちゃいそうなくらい。ほかのみんなが手《て》をぬくようなところでも、七瀬《ななせ》さん、ぜったい手《て》をぬかないんだ」

そうして思《おも》いかえしているうちに、やっぱり七瀬《ななせ》さんは走《はし》るのが好《す》きなんだ、とリンなりの結論《けつろん》が出《で》たらしい。

わたしもその話《はなし》を聞《き》いてそう思《おも》った。七瀬《ななせ》さんはリン目当《めあ》てで陸上部《りくじょうぶ》に入《はい》るような子《こ》じゃない。本当《ほんとう》はわかっていたはずなのに。

「わたしきのう、七瀬《ななせ》さんにひどいこと言《い》っちゃった。あやまらなきゃ」

「ぼくもなんとか仲《なか》なおりしてみる」

「またみんなで屋根《やね》にのぼりたいもんね」

「うん」

「仲《なか》なおりしたら、わたし、七瀬《ななせ》さんの準備体操《じゅんびたいそう》、見《み》にいきたいな」

その姿《すがた》を想像《そうぞう》してにんまりしたわたしは、そのあとすぐに準備体操《じゅんびたいそう》よりもずっといいものを見《み》せてもらうことになった。

学校《がっこう》の校門《こうもん》から昇降口《しょうこうぐち》へと、グラウンド脇《わき》の小道《こみち》を通《とお》りぬけていたときだ。

出《で》られなかった陸上部《りくじょうぶ》の朝練《あされん》をちらちらと気《き》にしていたリンが、「あ」と口《くち》を開《あ》けて立《た》ちどまった。

リンの視線《しせん》を追《お》ったわたしも「あ」と口《くち》を開《あ》けた。

グラウンドに立《た》ちのぼる砂《すな》ぼこりのむこうに、あのきゃしゃな体《からだ》が見《み》え隠《かく》れしている。

七瀬《ななせ》さんが走《はし》っていた。

ひとりで。

なにから話《はな》せばいいのかわからないし、どう話《はな》せばいいのかもわからない。きっとうまく話《はな》せない。

「だから、手紙《てがみ》を書《か》いたの」

と七瀬《ななせ》さんから手渡《てわた》された封筒《ふうとう》を握《にぎ》りしめ、わたしは屋上《おくじょう》へと階段《かいだん》を駆《か》けのぼった。

その日《ひ》の昼休《ひるやす》み、二年《ねん》C組《シーぐみ》の教室《きょうしつ》はきのうに引《ひ》きつづきのやかましさで、じっくり手紙《てがみ》を読《よ》める環境《かんきょう》ではなかったのだ。悪《わる》ノリした男子《だんし》がキオスクの机《つくえ》に花瓶《かびん》の花《はな》を飾《かざ》り、担任《たんにん》になぐられて前歯《まえば》を折《お》る、という想像《そうぞう》の直後《ちょくご》だった。

予想《よそう》どおり、十二月《がつ》の屋上《おくじょう》にはだれの影《かげ》もなく、ひとりになるには絶好《ぜっこう》の場所《ばしょ》だった。

校舎《こうしゃ》の壁《かべ》に背中《せなか》を押《お》しあて、かじかんだ手《て》で封《ふう》を切《き》る。

手紙《てがみ》の文字《もじ》は薄《うす》いシャーペンで書《か》かれていた。

消《け》しゴムでこすった跡《あと》があちこちにあった。

寝不足《ねぶそく》はわたしとリンだけじゃないかもしれない。


陽子《ようこ》ちゃんへ。

まずはじめに、いままでいやな思《おも》いをさせてごめんなさい。きっとわけがわからなかったと思《おも》います。

ちゃんと説明《せつめい》しようとしても、私《わたし》、しゃべるのが下手《へた》だから自信《じしん》がありませんでした。

最初《さいしょ》のところから話《はな》します。

私《わたし》、いまのクラスになってから、ずっと自分《じぶん》がきらいでした。若草物語《わかくさものがたり》のベスとかいわれて、そういうイメージみたいだったけど、本当《ほんとう》はグループのなかでいじめたりいじめられたりで陰険《いんけん》でした。どんどんいやな性格《せいかく》になりそうでした。なんとかしなきゃっていつも思《おも》いました。

陸上部《りくじょうぶ》に入《はい》ったのは、グループからぬけるきっかけがほしかったからです。それに私《わたし》は小学生《しょうがくせい》のときから足《あし》だけは速《はや》かったんです。そんなふうには見《み》えないと思《おも》います。でも本当《ほんとう》です。だからそれまでも陸上部《りくじょうぶ》の人《ひと》たちがうらやましかった。走《はし》るのは気《き》もちいいってこと、私《わたし》も知《し》っていたからです。

陸上部《りくじょうぶ》に入《はい》ろうと決《き》めて、夏休《なつやす》みにこっそり見学《けんがく》にいきました。でもやっぱり勇気《ゆうき》がでなかった。リンくんが誘《さそ》ってくれなかったら入《はい》れなかったと思《おも》います。

陸上部《りくじょうぶ》に入《はい》ってからも、リンくんがいないと走《はし》れませんでした。

こわかったの。毎日《まいにち》、グラウンドにでていくのがとてもこわかった。みんなが私《わたし》を見《み》てるような気《き》がしました。似《に》あわないことをしてるって、笑《わら》われてる気《き》がしました。考《かんが》えすぎってわかってても考《かんが》えちゃって、ひとりで走《はし》ろうとすると足《あし》がぎくしゃくしました。

私《わたし》、陸上部《りくじょうぶ》に入《はい》ってなにか乗《の》りこえた気分《きぶん》だったけど、ぜんぜんそうじゃなかったの。陸上部《りくじょうぶ》に入《はい》れたのもリンくんのおかげで、走《はし》れたのもリンくんのおかげで、ひとりじゃなにもできなかった。どうしてひとりで走《はし》らないのってリンくんに聞《き》かれて、なにもいえなかった。

屋根《やね》のぼりも同《おな》じです。

ずっと陽子《ようこ》ちゃんにあこがれてたの。グループなんて関係《かんけい》なくのびのびしてる陽子《ようこ》ちゃんがうらやましかった。私《わたし》は、陽子《ようこ》ちゃんみたいになりたかった。陽子《ようこ》ちゃんたちと屋根《やね》にのぼって、私《わたし》もちょっとだけ陽子《ようこ》ちゃんみたいになった気分《きぶん》でした。またなにか乗《の》りこえた気分《きぶん》でした。でも、気《き》のせいです。だって屋根《やね》にのぼれたのも陽子《ようこ》ちゃんやリンくんがいたからで、私《わたし》はやっぱりひとりじゃなにもできなかった。

そう思《おも》ったら、どんどん情《なさ》けなくなって、どんどん自分《じぶん》がいやになりました。

それで、しばらくひとりでいようと思《おも》ったの。

正直《しょうじき》いってリンくんとけんかみたいになってしまって、陸上部《りくじょうぶ》にもあれからでていないし、陽子《ようこ》ちゃんと顔《かお》をあわすのが気《き》まずい気《き》もちもありました。

でもそれだけじゃなくて、ひとりでなんとかしなきゃって思《おも》ったの。

いまは、ちょっとむりしすぎてたと思《おも》うし、陽子《ようこ》ちゃんに暗《くら》いっていわれて、私《わたし》もそう思《おも》った。

ひとりでじっとしててもしょうがないんだよね。私《わたし》は本当《ほんとう》にじっとしてるだけでなにもしてなかった。

私《わたし》はいつもいろいろなことを考《かんが》えすぎてしまうくせに、かんじんなところがぬけてるみたい。

でもね、きのう私《わたし》、うれしかった。陽子《ようこ》ちゃんにいわれたこと、ぐさっときたけど、うれしかったの。

私《わたし》、陽子《ようこ》ちゃんにはほかにもたくさん友達《ともだち》いるから、私《わたし》のことなんてそんなに気《き》にしてないと思《おも》ってたの。でも、ちがったんだって、心《こころ》がふわっとなりました。

ありがとう。

私《わたし》、まだわからないけど、明日《あした》はひとりで走《はし》れそうな気《き》がします。

走《はし》ってみようって、いまのところ、思《おも》ってます。

陽子《ようこ》ちゃん。

きのう、とつぜん早退《そうたい》しちゃったけど、相川《あいかわ》くんのこと気《き》にしてる？

女《おんな》の子《こ》たちが相川《あいかわ》くんのおみまいにいこうっていっていたけど、おみまいにいっても、相川《あいかわ》くんがよろこぶのは、陽子《ようこ》ちゃんだけだと思《おも》います。

陽子《ようこ》ちゃんは悪口《わるくち》ばっかりいってたっていうけど、でも相川《あいかわ》くんのことをムシしないのは、陽子《ようこ》ちゃんだけだったから。

よけいなおせわだったらごめんね。

七瀬綾子《ななせあやこ》

続《つづ》けて三回読《かいよ》みかえしてから、わたしはその手紙《てがみ》をスカートのポケットに入《い》れた。カイロよりもぽかぽかした感触《かんしょく》だった。

それから教室《きょうしつ》にもどって、七瀬《ななせ》さんと仲《なか》なおりの握手《あくしゅ》。

七瀬《ななせ》さんは自分《じぶん》のことをいやだいやだと書《か》いていたけど、七瀬《ななせ》さんにしかないいいところもあるんだよ。そう言《い》って準備体操《じゅんびたいそう》の話《はなし》をしたかったけど、今《いま》はやめておいた。いつかリンが話《はな》すかもしれない。

ほかにも話《はな》したいことはたくさんあるのに、わたしも七瀬《ななせ》さんもなんだか照《て》れてしまって、ただへらへらと笑《わら》いあっていただけだった。

「わたし、帰《かえ》りにキオスクんちによってみるから」

とりあえずそれだけは伝《つた》えると、

「一緒《いっしょ》に行《い》こうか？」

七瀬《ななせ》さんは心配《しんぱい》そうに言《い》ってくれた。

「ありがと。でも、今日《きょう》はキオスクとサシで話《はなし》がしたいの」

それに、せっかく七瀬《ななせ》さんが陸上部《りくじょうぶ》に復帰《ふっき》するチャンスをつぶせない。

「陸上部《りくじょうぶ》、がんばってね。リンによろしく」

「陽子《ようこ》ちゃんもがんばってね。相川《あいかわ》くんによろしく」

お互《たが》いの健闘《けんとう》を祈《いの》りあい、二回目《かいめ》の握手《あくしゅ》をした。

キオスクの家《いえ》は前《まえ》にも一度《いちど》、見《み》たことがある。となりの家《いえ》の屋根《やね》からだった。でも真夜中《まよなか》であたりは暗《くら》かったし、おおまかな方向《ほうこう》は見当《けんとう》がついても、こまかい道順《みちじゅん》までは憶《おぼ》えていない。

このあたりだな、と思《おも》う近辺《きんぺん》で、井戸端会議《いどばたかいぎ》ちゅうのおばさんたちに声《こえ》をかけた。

「あら、あの相川《あいかわ》さんち？」

身《み》ぶり手《て》ぶりで説明《せつめい》しながらも、おばさんたちは興味《きょうみ》ありげにわたしをじろじろ観察《かんさつ》している。礼《れい》を言《い》って離《はな》れたとたん、「あそこんちの息子《むすこ》さん……」なんて声《こえ》が聞《き》こえてきた。

うわさが広《ひろ》まっているのは学校《がっこう》だけじゃないらしい。

こういうおばさんたちの井戸端会議《いどばたかいぎ》によって、あることないこと尾《お》ひれがついていくのだろう。明日《あした》になったら、「相川《あいかわ》さんちの息子《むすこ》さんの彼女《かのじょ》がマスクメロンをもって看病《かんびょう》にかけつけた」なんて話《はなし》ができあがっているかもしれない。

どうでもいいことを考《かんが》えているうちに、目的《もくてき》の場所《ばしょ》に行《い》きついた。

なだらかな坂《さか》のつきあたりに三軒《げん》の家《いえ》が肩《かた》を並《なら》べている。

わたしたちがのぼったのは真《ま》ん中《なか》の屋根《やね》。キオスクの家《いえ》はその右《みぎ》となりだった。なんの特徴《とくちょう》もない平凡《へいぼん》な二階建《かいだ》てで、黒《くろ》でかりした門《もん》があり、庭《にわ》があり、玄関先《げんかんさき》には自転車《じてんしゃ》が一台停《だいと》まっている。視線《しせん》を上《うえ》にむけると、渋《しぶ》みがかったれんが色《いろ》の瓦屋根《かわらやね》。門前《もんぜん》で大《おお》きく深呼吸《しんこきゅう》をしながら、わたしはその家構《いえがま》えをしっかり記憶《きおく》した。

よし、と覚悟《かくご》してインターホンへ手《て》をのばす。

「あ、あら」

キオスクのお母《かあ》さんはへんてこりんな態度《たいど》でわたしを迎《むか》えてくれた。

「和男《かずお》のクラスメイト、ですか？」

「はい」

「あら、和男《かずお》のクラスメイト……」

「はい」

「まあ、和男《かずお》の……」

「はあ……」

はじめは宇宙人《うちゅうじん》でも見《み》るように目《め》を見開《みひら》き、続《つづ》いて片手《かたて》をあごに当《あ》ててふかぶかと考《かんが》えこみ、最後《さいご》にはどうしたことかいきなり笑顔《えがお》になった。

「とにかくあがってちょうだい。わざわざありがとうね。でもどうしましょ。和男《かずお》、今《いま》、部屋《へや》で眠《ねむ》ってるみたいなんだけど……」

「いえ、気《き》にしません」

おじゃまします、と靴《くつ》を脱《ぬ》ぐなり、わたしはつかつか階段《かいだん》をのぼっていった。

案内《あんない》されるまでもなくキオスクの部屋《へや》は知《し》っていた。例《れい》の夜《よる》、隣家《りんか》の屋根《やね》にいたわたしたちをキオスクが見《み》ていた、あの窓《まど》のある部屋《へや》だ。

「キオスク。わたし。飯島陽子《いいじまようこ》。入《はい》るよ」

扉《とびら》の前《まえ》で予告《よこく》し、ひと呼吸《こきゅう》おいてから一気《いっき》に開《ひら》いた。

キオスクは眠《ねむ》っていなかった。

たしかにベッドの上《うえ》にはいる。厚《あつ》ぼったいふとんを頭《あたま》からかぶって丸《まる》くなっている。

ふつうこんな眠《ねむ》りかたはしないから、わたしの声《こえ》にあわててもぐりこんだのだろう。

「自殺《じさつ》に失敗《しっぱい》したんだって？」

わたしはふとんのふくらみにふふんと笑《わら》いかけた。

返事《へんじ》はなかった。

それはそれでヨシ。

「学校中《がっこうじゅう》すごいうわさだよ。全校生徒《ぜんこうせいと》が知《し》ってるよ。近所《きんじょ》のおばさんたちも知《し》ってる。

有名《ゆうめい》になってよかったね」

言《い》いながら部屋《へや》を見《み》まわしていく。

勉強机《べんきょうづくえ》と本棚《ほんだな》とベッドだけの殺風景《さっぷうけい》な部屋《へや》。物《もの》の少《すく》なさはリンの部屋《へや》と似《に》たりよったりだけど、ポスターがべたべた貼《は》られていないぶん、つるんとしてそっけない感《かん》じがする。キオスクの趣味《しゅみ》や好《この》みが見《み》えてこない。

ひとつだけあった。勉強机《べんきょうづくえ》の上《うえ》にパソコンのデスクトップがどっかりと。

「あ、これでしょ。これでなんだっけ、世紀末《せいきまつ》の大戦《たいせん》？　そういうこと、仮《かり》の友達《ともだち》と話《はな》してるんでしょ」

言《い》いながらわたしは勉強机《べんきょうづくえ》の椅子《いす》にかけ、パソコンのまっ黒《くろ》な画面《がめん》とむきあった。

「もうすぐ人類滅亡《じんるいめつぼう》の日《ひ》が訪《おとず》れる。だから手《て》をとりあって立《た》ちあがるんでしょ。なんだかわかんない怪獣《かいじゅう》みたいなのと戦《たたか》うんでしょ。だけど本当《ほんとう》はさ……」

右手《みぎて》の人《ひと》さし指《ゆび》でキーボードをはじくと、かしゃかしゃと機械《きかい》の音《おと》がする。これがキオスクの声《こえ》なのか。

「本当《ほんとう》はあんた、人類滅亡《じんるいめつぼう》の日《ひ》を待《ま》ってたんじゃないの？　こんな世界《せかい》、さっさと終《お》わっちゃえばいいって。みんな死《し》んじゃえばいいって、思《おも》ってたんじゃないの？　あんたいつも平気《へいき》な顔《かお》してたけどさ、本当《ほんとう》はあんたのこと無視《むし》したり、使《つか》いっ走《ぱし》りにしたりする男子《だんし》たちがにくくて、見《み》て見《み》ぬふりして笑《わら》ってる女子《じょし》たちもにくくて、うらんで、死《し》んじゃえばいいって……」

ふりかえると、キオスクの青《あお》ざめた顔《かお》があった。ふとんから上半身《じょうはんしん》をのりだして、今《いま》まで見《み》たことのない目《め》をしてわたしをにらんでいる。

「でも自分《じぶん》だけはちゃっかり戦士《せんし》で、生《い》き残《のこ》るの。あんた、ずるいよ」

強《つよ》い光《ひかり》をまっすぐに放《はな》つ、こんな瞳《ひとみ》だって持《も》ってるくせに、今《いま》まで隠《かく》していたなんてずるい。負《ま》けずにキオスクをにらみかえすと、肩《かた》から吊《つ》りさげた右腕《みぎうで》のギプスがいやでも目《め》に入《はい》った。

「世紀末《せいきまつ》まで待《ま》ちきれなかった？」

わたしはその右腕《みぎうで》をあごでしゃくった。

「みんなが死《し》ぬまで待《ま》ちきれなくて、自分《じぶん》から先《さき》に死《し》のうとしたの？」

キオスクがむっと眉《まゆ》をつりあげた。もごもご口《くち》を動《うご》かすけれど、なにも聞《き》こえない。

「でも失敗《しっぱい》して、今《いま》じゃあんた、みんなのいいネタだよ。あんたがうらんでた連中《れんちゅう》のいいひまつぶし。あんた、みんなに死《し》にぞこないって思《おも》われてんだから」

「ちがうっ」

ついに、キオスクがさけんだ。

「ぼくは死《し》にぞこないなんかじゃない」

左手《ひだりて》でふとんを握《にぎ》りしめ、キオスクははっきりとそう言《い》った。

「ぼくは、自殺《じさつ》なんて、してない」

これが聞《き》きたかったのだ。

脱力感《だつりょくかん》。

と、安堵感《あんどかん》。

わたしはほっと肩《かた》の力《りき》みをほどいて言《い》った。

「やっぱり」

「え？」

「あんた、窓《まど》から飛《と》びおりたんじゃなくて、本当《ほんとう》は、のぼろうとしてたんじゃないの？」

キオスクの細《ほそ》っこい目《め》が全開《ぜんかい》になった。

「あ」

「のぼろうとして、落《お》っこちた。ちがう？」

「あ……」

色《いろ》をなくしていたキオスクの顔《かお》がみるみる赤《あか》らんでいく。

やっぱり、だ。

真夜中《まよなか》に自分《じぶん》の部屋《へや》の窓《まど》から飛《と》びおりた。

会議室《かいぎしつ》で学年主任《がくねんしゅにん》にそう聞《き》いたとき、おかしいな、と引《ひ》っかかるものがあった。

屋根《やね》の縁《ふち》。

キオスクの部屋《へや》の窓《まど》の下《した》には、屋根《やね》の縁《ふち》が延《の》びているはずなのだ。

わたしたちが隣家《りんか》の屋根《やね》にのぼったあの夜《よる》、「なにやってんのー」と窓《まど》からしつこく呼《よ》びかけてきたキオスク。今《いま》にも窓枠《まどわく》を越《こ》えて屋根《やね》に出《で》てくるんじゃないかと、わたしたちをはらはらさせた。はっきりと憶《おぼ》えている。

家《いえ》の側面《そくめん》だから屋根《やね》の幅《はば》はごくせまい。それにしても、屋根《やね》の縁《ふち》を飛《と》びこえて地面《じめん》に落《お》ちるには、よほど思《おも》いきりジャンプしなければならないはずだ。

キオスクにそんな思《おも》いきりのよさがあるか。

否《いな》。

そもそも、あの臆病《おくびょう》なキオスクがそんな自殺法《じさっぽう》を選《えら》ぶか。

否《いな》。

キオスクはだまりこんでいてなにも話《はな》さない、だからまだ自殺《じさつ》とはかぎらない、と担任《たんにん》も言《い》っていた。

自殺《じさつ》じゃないとしたら？

キオスクはどうして真夜中《まよなか》に地面《じめん》に落《お》っこちたりしたのか。

真夜中《まよなか》、というところで「ん？」と来《き》た。

もしかして――。

「あんた、ひとりでこっそり屋根《やね》にのぼる練習《れんしゅう》をしてたんじゃないかって……。考《かん》えれば考《かんが》えるほどね、そんな気《き》がしてしょうがなかったの」

この名推理《めいすいり》に虚《きょ》をつかれているキオスクを尻目《しりめ》に、わたしは窓辺《まどべ》へと歩《あゆ》みよっていった。

モスグリーンのカーテンを押《お》しやり、窓《まど》ガラスを開《あ》けて顔《かお》を出《だ》す。やっぱり、窓枠《まどわく》の下《した》に幅《はば》五十センチほどの屋根《やね》の縁《ふち》がはりだしていた。縁《ふち》の下《した》からは地面《じめん》にかけて雨樋《あまどい》が伝《つた》っている。

ブロック塀《べい》から雨樋《あまどい》へ、雨樋《あまどい》をよじのぼって屋根《やね》へ。

おとといの深夜《しんや》、キオスクが挑《いど》んだ屋根《やね》のぼりのルートが目《め》に浮《う》かぶようだった。

でも、これはかなり上級者《じょうきゅうしゃ》むけのルートなのだ。雨樋《あまどい》は金具《かなぐ》の部分《ぶぶん》を足《あし》がかりにできても、それ自体《じたい》は細《ほそ》くてつるつるしているから、木《き》のぼりみたいな要領《ようりょう》ではのぼれない。ましてそんな不安定《ふあんてい》な姿勢《しせい》から屋根《やね》に手《て》をのばし、腕力《わんりょく》だけで体《からだ》を押《お》しあげるなんて至《し》難《なん》のわざだ。初心者以下《しょしんしゃいか》のキオスクには百年早《ねんはや》い。

まったく自殺的《じさつてき》な挑戦《ちょうせん》だった。

それでも、初心者以下《しょしんしゃいか》のド素人《しろうと》だからこそ、キオスクはうかつに挑戦《ちょうせん》してしまった。どこかで手《て》か足《あし》をすべらせて、地面《じめん》へ「あーれー」と落《お》っこちていった。

そんなところだろう。

「ただの遊《あそ》びだって、言《い》ったのに」

わたしは静《しず》かに窓《まど》ガラスをもどした。吹《ふ》きこんでくる風《かぜ》で体《からだ》の表面《ひょうめん》が冷《つめ》たくなっていた。

「わたしたちと一緒《いっしょ》にのぼれなかったこと、そんなにくやしかったの？」

金網《かなあみ》の前《まえ》で震《ふる》えていたキオスク。あのおびえた瞳《ひとみ》がよみがえる。

「飯島《いいじま》さんに……」

と、キオスクは言《い》った。

「飯島《いいじま》さんに同情《どうじょう》されたくなかった」

ずきんときた。

「ぼくがダメなせいだけどね。あんなふうに同情《どうじょう》されるぐらいなら、ばかとかあほとか言《い》われてたほうがまだマシだよ。クラスのみんなはああだしさ、飯島《いいじま》さんにまで同情《どうじょう》されたらぼく、なんかもう本気《ほんき》でなにもかもいやになっちゃって、学校《がっこう》だってもうどうでもよくなっちゃった。それでしばらく家《いえ》にこもってたんだけど、おとといの夜《よる》はなんとなく、その気《き》になっちゃったんだ。もう一回《かい》やってみようかなって。屋根《やね》にのぼったら、ぼくもちょっとは変《か》われるかなあ、なんて」

くしゃりと顔《かお》をゆがめて、泣《な》き顔《がお》みたいな笑顔《えがお》を作《つく》る。

「でも、もっとひどくなっただけ」

「どうして本当《ほんとう》のこと、言《い》わなかったのよ。自殺《じさつ》なんかじゃないって」

「それももうどうでもよくなっちゃって。ぼく、落《お》っこちたとき気絶《きぜつ》して、病院《びょういん》で気《き》がついたらもうみんな自殺《じさつ》だって思《おも》いこんでたの。屋根《やね》の縁《ふち》まで飛《と》びこえたんだからよほどの覚悟《かくご》があったんだって、飯島《いいじま》さんと反対《はんたい》のこと考《かんが》えちゃったみたいで。まさかだれも思《おも》わないでしょ、屋根《やね》にのぼろうとしてたなんて」

「そりゃあまあ、そうだろうけど」

「三週間《しゅうかん》も学校休《がっこうやす》んだあとだったしさ。お母《かあ》さんもぼくが落《お》ちこんでたこと、知《し》ってたし。先生《せんせい》までぼくのこと、クラスでつらい思《おも》いをしていたようだとか言《い》っちゃって。いかにも自殺《じさつ》っぽいでしょ。なんか、文句《もんく》のつけどころがないじゃない」

「まあ、そうだけど」

「それにぼく、音《おと》たてないようにって、靴《くつ》はかないでのぼってたの。のぼる前《まえ》にはね、さっきの飯島《いいじま》さんみたいに窓《まど》から下《した》をのぞいて、どうやってのぼろうか考《かんが》えて。そのまま開《あ》けっぱなしでいっちゃったの。早《はや》く終《お》わらせたくてあせってた。自分《じぶん》ちの屋根《やね》にしたのも、よそんちにのぼって見《み》つかるのがこわかったからだし。結局《けっきょく》さ、ぼくの小心《しょうしん》ぶりがぜんぶ裏目《うらめ》に出《で》ちゃったわけよ」

さんざんな目《め》にあって腹《はら》がすわったのか、たんなる開《ひら》きなおりか、今日《きょう》のキオスクはやけに堂々《どうどう》としていた。いつものおどおどした態度《たいど》じゃない。どんなもんだと威張《いば》っている気配《けはい》すらある。

「あんた、やっぱりちょっと変《か》わったんじゃないの？」

わたしがまじまじ見《み》つめると、

「だから、変《か》わるとか変《か》わらないとか、そういうのもどうでもよくなったんだって」

キオスクは山小屋《やまごや》で犬《いぬ》と暮《く》らす老人《ろうじん》みたいにほうっと息《いき》をついた。

「今朝《けさ》ね、先生《せんせい》がクラスの代表《だいひょう》たちからの手紙《てがみ》、持《も》ってきたんだよ。早《はや》く元気《げんき》になってくださいとか、相川《あいかわ》くんがいないとさみしいですとか。それ読《よ》んでたらあほらしくなっちゃったの。ぼくの人生《じんせい》、なんだったんだろうって」

「人生《じんせい》」

そこまで考《かんが》えたか。

「右手《みぎて》がこれじゃパソコンもろくにいじれないでしょ。ネットの友達《ともだち》だって、パソコン打《う》てなきゃ話《はなし》もできないんだよね。なんか、がっくりきちゃって。家族《かぞく》は家族《かぞく》で、ぼくがまた自殺《じさつ》しないかってひやひやしてるのわかるし。家《いえ》にいてもふつうにしゃべれる相手《あいて》がいないの。だからぼく、今《いま》こんなにぺらぺらしゃべってるんだと思《おも》うよ。飯島《いいじま》さんには悪《わる》いけど」

「べつに。悪《わる》くはないよ」

わたしは肩《かた》をすくめた。

「今《いま》のあんた、いつものあんたに比《くら》べるとそんなに悪《わる》くないよ」

「いいよ。そんなに気《き》をつかわないでよ。ぼく、飯島《いいじま》さんに気《き》をつかわれると本当《ほんとう》に落《お》ちこむんだ」

「気《き》なんかつかってないって。あんたにつかう気《き》があったら大切《たいせつ》にとっとくよ」

「それがいいよ」

いいかげんしゃべり疲《つか》れたのか、キオスクがふたたびずるずるとふとんに体《からだ》をすべらせていく。

「でも最後《さいご》に言《い》っとくけどね、さっき飯島《いいじま》さんが言《い》ったこと、あれたぶん当《あ》たりだよ。ぼく、自分《じぶん》じゃそこまで気《き》がつかなかったけど、きっとそうだったんだ。学校《がっこう》なんて大嫌《だいきら》いで、みんな消《き》えてなくなっちゃえばいいと思《おも》ってた。でもさ、心《こころ》のどっかでは、ちゃんとわかってたんだよね。世紀末《せいきまつ》の大戦《たいせん》なんてあるわけないって。それに、もしあったとしても、ぼくは戦士《せんし》じゃないよ」

キオスクはふてくされた顔《かお》でぼやいた。

「こんなにまぬけな戦士《せんし》はいないよ」

「これで最後《さいご》だから」とか、「最後《さいご》の最後《さいご》にもう一言《ひとこと》」とか言《い》いながらも、キオスクはその後《ご》も延々《えんえん》とぼやきつづけて、わたしは途中《とちゅう》からあまり聞《き》いていなかった。

そうこうしているうちに、七時《じ》すぎ。

「続《つづ》きはカセットテープにでも吹《ふ》きこんどいて」

夕食時《ゆうしょくどき》だし、リンも待《ま》っているだろうから、そろそろ帰《かえ》ることにした。

キオスクは玄関《げんかん》まで見送《みおく》りにきてくれた。

「じゃあ、またね」

「うん。来《き》てくれてありがとう。いろいろすっきりしたよ」

明《あか》るく手《て》をふりあうわたしたちを、柱《はしら》の陰《かげ》からキオスクのお母《かあ》さんがあっけにとられてながめていた。自殺《じさつ》に失敗《しっぱい》したての息子《むすこ》が笑《わら》ってる！　って顔《かお》をして。

たしかに屋根《やね》のぼりには「失敗《しっぱい》」したものの、「自殺《じさつ》」というのは思《おも》いちがいで、キオスクのひそかな「挑戦《ちょうせん》」をだれも知《し》らない。

10

陽子《ようこ》ちゃん　リンくん
今日《きょう》も仕事《しごと》で帰《かえ》れません。
冷蔵庫《れいぞうこ》にお肉《にく》がありますから。
いつもごめんね。
ママより

そのかわり正月《しょうがつ》は家族《かぞく》で温泉《おんせん》だ。
たぬきのでる旅館《りょかん》を予約《よやく》してある。
たぬきだぞ。
父《ちち》

キオスクの家《いえ》を訪《たず》ねた四日後《よっかご》の朝《あさ》、リビングのテーブルにパパとママからのメッセージを発見《はっけん》。

やった、とわたしは指《ゆび》を鳴《な》らした。

べつにたぬきごときでは喜《よろこ》ばない。

「リン。あれ見《み》た？」

玄関《げんかん》を出《で》る直前《ちょくぜん》のリンをつかまえて聞《き》くと、

「見《み》た」

リンは了解《りょうかい》ずみの笑顔《えがお》を返《かえ》す。

「今夜《こんや》、でしょ？」

「うん。今夜《こんや》」

「七瀬《ななせ》さんにも言《い》っとくよ」

「頼《たの》んだ」

「頼《たの》まれた」

V《ブイ》サインをかざして、リンが玄関《げんかん》の扉《とびら》を開《あ》けた。

なだれこんでくる朝《あさ》の光線《こうせん》に、ふたりして同時《どうじ》に目《め》を細《ほそ》める。

「いい天気《てんき》だよ」

リンが言《い》って、わたしは空《そら》に感謝《かんしゃ》した。

いつもよりゆっくりと顔《かお》を洗《あら》い、いつもよりゆっくりと朝《あさ》ごはんを食《た》べ、いつもよりゆっくりと歯《は》を磨《みが》いて、いつもよりゆっくりと制服《せいふく》に着《き》がえた。心《こころ》の準備《じゅんび》というやつだ。

それから、キオスクの家《いえ》に電話《でんわ》をした。

「あら飯島《いいじま》さん？　このあいだはどうもありがとうね。和男《かずお》、あれからめきめき元気《げんき》になっちゃって。本当《ほんとう》に飯島《いいじま》さんのおかげよ。またぜひ遊《あそ》びにきてちょうだいね。こないだはなんにもおかまいできなかったけど、今度《こんど》はぜひうちの田舎《いなか》でとれた桃《もも》とりんごを……」

長《なが》い長《なが》い前置《まえお》きのあと、ようやくキオスクにとりついでもらえた。

「もしもし。飯島《いいじま》さん？」

「キオスク、それコードレス機《き》？」

「うん。そうだけど」

「今《いま》、そばにだれもいない？」

「いないよ。今《いま》、ベッドで手紙読《てがみよ》んでたの」

「手紙《てがみ》？」

「さっき先生《せんせい》がね、またクラスの代表《だいひょう》たちからの手紙《てがみ》、持《も》ってきたんだ。読《よ》んでるうちにあほらしさに拍車《はくしゃ》がかかってきたよ。相川《あいかわ》くんが元気《げんき》になるようにチョコレート断《だ》ちしてます、とか書《か》いてあるんだよ。これでやせたら一石二鳥《いっせきにちょう》です、だって。なにがなんだか」

「読《よ》まなきゃいいじゃない、そんなの」

「今後《こんご》の反省材料《はんせいざいりょう》にするんだよ」

「あ、そう」

どうやら反省《はんせい》はしているようだけど、キオスクはまだ学校《がっこう》に来《こ》ようとはしない。右腕《みぎうで》の骨折《こっせつ》ぐらいならなんとでもなるはずなのに。

「ところでね」

と、わたしは用件《ようけん》を切《き》りだした。

「今夜《こんや》、屋根《やね》にのぼるよ」

受話器《じゅわき》のむこうで長《なが》い沈黙《ちんもく》があった。

「気《き》をつけて」

「ばか。あんたも一緒《いっしょ》だよ」

「ええっ。だってぼく、骨折《こっせつ》してるんだよ」

「平気《へいき》よ、そんなもん」

「そんな。人《ひと》の腕《うで》だと思《おも》って……」

「とにかくそういうことだから。今夜《こんや》の十二時《じ》、前《まえ》みたくこっそりぬけだしてうちにおいで。わかった？」

うむもいわさず受話器《じゅわき》をもどすと、わたしは壁《かべ》にかかったカレンダーに目《め》をむけた。

今日《きょう》は十二月《がつ》十三日《にち》。月曜日《げつようび》。キオスクが不登校《ふとうこう》をはじめて一か月《げつ》になろうとしていた。

冬休《ふゆやす》みのはじまりまでは、あとわずか二週間《しゅうかん》。冬眠《とうみん》の前《まえ》に木《き》の実《み》をむさぼるリスみたいに、わたしたちもやることはやっておかなくては、とあらためて思《おも》う。


「リンくんに聞《き》いた」

家庭科《かていか》の時間《じかん》、課題《かだい》のマフラーを編《あ》みながら七瀬《ななせ》さんが言《い》った。

「ついに今夜《こんや》、でしょ？」

「うん、今夜《こんや》」

うなずきながらも、わたしの両目《りょうめ》は編《あ》み棒《ぼう》に釘《くぎ》づけだ。編《あ》み物《もの》。これほど性《しょう》に合《あ》わないものがこの世《よ》に存在《そんざい》するとは知《し》らなかった。

先週《せんしゅう》から編《あ》みはじめているのに、わたしの赤《あか》いマフラーはまだ五センチにも届《とど》かない。

七瀬《ななせ》さんの緑色《みどりいろ》のマフラーはすでに完成間近《かんせいまぢか》だった。

緑色《みどりいろ》。リンの好《す》きな色《いろ》だ。

「わたしね、いろいろあったけど、楽《たの》しかった」

毛糸《けいと》のひと目《め》ひと目《め》を大切《たいせつ》にすくいあげながら、七瀬《ななせ》さんははにかみながらも話《はな》してくれた。

「なやんだりもしたけど、やっぱり陸上部《りくじょうぶ》に入《はい》ってよかった。陽子《ようこ》ちゃんやリンくんと友達《ともだち》になれてよかった。あのまま『若草物語《わかくさものがたり》』の子《こ》たちとだけ一緒《いっしょ》にいて、いやな気持《きも》ちのままクラス替《が》えになったら、わたしの中学二年生《ちゅうがくにねんせい》ってなんだったんだろうって、ぜったいに思《おも》ったと思《おも》うの。そうならなくてよかった。リンくんや陽子《ようこ》ちゃんのおかげだな」

「自分《じぶん》のおかげだって」

わたしはそう言《い》って編《あ》みかけのマフラーを机《つくえ》に放《ほう》りだした。

七瀬《ななせ》さんは自分《じぶん》の底力《そこぢから》をわかっていない。『若草物語《わかくさものがたり》』からの脱退《だったい》だって、陸上部《りくじょうぶ》への入部《にゅうぶ》だって、屋根《やね》のぼりへの参加《さんか》だって、結局《けっきょく》は七瀬《ななせ》さんがひとりで決《き》めたことなのに。本当《ほんとう》はだれよりもしっかり者《もの》のくせに、表面《ひょうめん》はあくまでもおだやかで。

「なんだか最近《さいきん》あわただしいけどさ、七瀬《ななせ》さんといるとのんびりするっていうか、こう、寿命《じゅみょう》が延《の》びそうよ」

わたしが笑《わら》いかけると、七瀬《ななせ》さんも笑《わら》いかえしてくれたものの、その瞳《ひとみ》はべつのものをとらえていた。

「陽子《ようこ》ちゃん、あきらめちゃだめ」

七瀬《ななせ》さんはわたしが投《な》げだしたマフラーを手《て》にとって、

「あきらめなきゃ、いつかは完成《かんせい》するから。このペースだと、来年《らいねん》の夏《なつ》には必《かなら》ずね」

「来年《らいねん》の、夏《なつ》……」

わたしにはない長《なが》い目《め》だって持《も》っている。

七瀬《ななせ》さんは打《う》ちあわせどおり八時《じ》にうちに来《き》て、ひさしぶりに三人《にん》で夕《ゆう》ごはんを食《た》べた。テーブルの上《うえ》はみんなで腕《うで》をふるった炒《いた》めもののオンパレード。

豚肉《ぶたにく》とキャベツのみそ炒《いた》めに、糸《いと》こんにゃくのとうがらし炒《いた》め。ねぎと玉子《たまご》の炒《いた》めもの。明日《あした》からの行《ゆ》く末《すえ》がまったく見《み》えないから、これが最後《さいご》の晩餐《ばんさん》のつもりでよく味《あじ》わい、よくしゃべってよく笑《わら》い、わたしたちはウーロン茶《ちゃ》で何度《なんど》も乾杯《かんぱい》をした。

反面《はんめん》、みんなが時計《とけい》の針《はり》を異常《いじょう》に気《き》にしていた。

「キオスク、来《く》るかな」

七瀬《ななせ》さんは「来《く》る」に、リンも「来《く》る」に、わたしも「来《く》る」に、これじゃ賭《か》けにならないから、期待《きたい》でもかけることにした。

キオスクはその期待《きたい》にこたえた。

十二時《じ》を五分《ふん》ほどすぎたころ、これから鬼退治《おにたいじ》にでも行《い》くような形相《ぎょうそう》でキオスクがやってきたのだ。

べつに屋根《やね》のぼりにはりきっていたわけじゃない。ギプスをつけたまま物音《ものおと》を立《た》てずに着替《きが》えをする、という大仕事《おおしごと》をあくせくやっているうちに、だんだん気《き》が高《たか》ぶってきたらしい。

どれだけ大変《たいへん》な大仕事《おおしごと》だったかは、ひと目《め》で想像《そうぞう》がついた。

中《なか》に着《き》ている白《しろ》いランニングのほかは、チェックのシャツも紺《こん》のカーディガンも、右袖《みぎそで》の部分《ぶぶん》が肩《かた》の後《うし》ろにだらんとはだけている。それじゃボタンもかけられないから、体《からだ》の右《みぎ》半分《はんぶん》は裸同然《はだかどうぜん》。その上《うえ》から強引《ごういん》にダッフルコートを引《ひ》っかけてきました、という装《よそお》いだ。

「それじゃ風邪《かぜ》ひくよ」

と、リンが自分《じぶん》のマフラーでキオスクの右肩《みぎかた》を包《つつ》んだ。

「今《いま》さら風邪《かぜ》ぐらいどうってことないよ。ぼくの人生《じんせい》、本当《ほんとう》に、本当《ほんとう》にひどいことだらけなんだから。右腕《みぎうで》がこうじゃなかったら、川《かわ》で泳《およ》いで肺炎起《はいえんお》こしたっていいくらいだよ。でもね、右腕《みぎうで》がこうだからぼく、今《いま》は屋根《やね》のぼりも無理《むり》だと思《おも》うんだ。北島康介《きたじまこうすけ》だって片《かた》手《て》じゃ金《きん》メダル、とれなかったと思《おも》うよ」

ぼやきつづけるキオスクを残《のこ》して、

「さて。じゃあのぼろうか」

わたしたちは二階《かい》への階段《かいだん》をのぼりはじめた。

「え」

玄関口《げんかんぐち》でぼけっとつっ立《た》っているキオスクに、三人《にん》そろって手招《てまね》きする。

「あんたも早《はや》くおいでよ」

「え、なんで？」

「だから、のぼるのよ」

「どこに？」

「うちの屋根《やね》」

「……階段《かいだん》で？」

「うん。両手《りょうて》でも落《お》っこちたあんたが、片手《かたて》でまともにのぼれるわけないでしょ」

三人《にん》そろってため息《いき》をついた。

1　リンの部屋《へや》の扉《とびら》を開《あ》ける。
2　リンの部屋《へや》に入《はい》る。
3　リンの部屋《へや》の窓《まど》を開《あ》ける。
と、そこはすでに屋根《やね》だった。

「こういう手《て》もあるのよね」

七瀬《ななせ》さんが感心《かんしん》したように言《い》って、

「邪道《じゃどう》じゃないかなあ」

キオスクは拍子《ひょうし》ぬけの顔《かお》で不平《ふへい》をもらし、

「いいのよ。形《かたち》だけでものぼっとけば」

言《い》いながらわたしはリンとふたりで屋根《やね》の上《うえ》に毛布《もうふ》を広《ひろ》げていった。

真冬《まふゆ》の真夜中《まよなか》。しかもここはエアコンつきの室内《しつない》ではなく、野外《やがい》である。なにをしてもむだな努力《どりょく》とは思《おも》いつつ、なにかせずにはいられない寒《さむ》さで、押《お》しいれから二枚《まい》の毛布《もうふ》を引《ひ》っぱりだしてきたのだ。

左《ひだり》からリン、七瀬《ななせ》さん、キオスク、わたし——と、ぴったりよりそって毛布《もうふ》の上《うえ》に腰《こし》かけ、残《のこ》りのもう一枚《まい》をみんなの頭《あたま》からかぶせた。大《おお》がかりな二人羽織《ににんばおり》というか、屋根《やね》上《うえ》のミニキャンプというか。どれだけ効果《こうか》があるかは怪《あや》しいものの、少《すく》なくとも風避《かぜよ》け程《てい》度《ど》にはなる。

「なんか、ずいぶん変《か》わったことしてるみたいだけど」

どうにも腑《ふ》に落《お》ちない、という様子《ようす》でキオスクが言《い》った。

「もしかしてこれって、ぼくのため？」

「ううん。ぼくたちもね、最後《さいご》にちゃんとのぼりおさめしときたかったんだ」

リンが言《い》うと、キオスクはますます怪訝《けげん》そうに、

「最後《さいご》？」

「屋根《やね》にのぼるのはこれで最後《さいご》よ」

わたしはきっぱりと宣言《せんげん》した。

「え、どうして」

「もう、のぼれなくなるから」

「だから、どうして？」

「みんなで話《はな》しあって決《き》めたの。わたしたち、明日《あした》、担任《たんにん》にぜんぶ話《はな》す。屋根《やね》のぼりのこと、最初《さいしょ》から最後《さいご》まで、ぜんぶ」

「どうして」

キオスクが声《こえ》をうわずらせる。

「だってそうしなきゃ、あんたが自殺《じさつ》じゃないってこと、どうやって証明《しょうめい》すんのよ」

わたしもつられて声《こえ》を強《つよ》めた。

「このままじゃあんた、永遠《えいえん》に、一生《いっしょう》、みんなに死《し》にぞこないって思《おも》われつづけるのよ」

「いいよ、ぼく、どんなふうに思《おも》われても。いろいろ言《い》われるの慣《な》れてるし」

「慣《な》れてどうするっ」

わたしの一喝《いっかつ》にキオスクがしゅんと下《した》をむく。

「相川《あいかわ》くん」

七瀬《ななせ》さんがとりなすように割《わ》って入《はい》った。

「わたしたちもこのままじゃ後味悪《あとあじわる》いの。相川《あいかわ》くんのためとかじゃなくて、自分《じぶん》たちがね、すっきりしないの」

「でも、先生《せんせい》に話《はな》したりしたら怒《おこ》られるよ、きっとすごく。また職員会議《しょくいんかいぎ》とかになっちゃうかもよ」

「気《き》にしない、気《き》にしない」

リンがにこにこ笑《わら》って、

「いいの、すっきりすれば」

と、七瀬《ななせ》さんも潔《いさぎよ》くほほえんだ。

「キオスク」

わたしはキオスクの困惑顔《こんわくがお》に正面《しょうめん》からむきあった。おしりから突《つ》きあげてくる強烈《きょうれつ》な冷《ひ》えで、ついつい声《こえ》が力《りき》んでしまう。

「あんたも一緒《いっしょ》に来《く》るのよ」

「え?」

「明日《あした》、あんたも学校《がっこう》に来《き》て、わたしたちと一緒《いっしょ》に担任《たんにん》に話《はな》すの」

「ええっ。そんなあ」

人事《ひとごと》じゃなくなったとたん、キオスクのうろたえぶりが激《はげ》しくなった。

「そんなことしたら一番怒《いちばんおこ》られるのはぼくだよ。あんなにみんなを騒《さわ》がせといて」

「無傷《むきず》だったらね。でも、怪我《けが》したぶんだけ差《さ》しひいてもらえると思《おも》うよ」

リンが悪知恵《わるぢえ》を働《はたら》かせる。

「だからって、今《いま》さらぬけぬけ言《い》えると思《おも》う？　屋根《やね》から落《お》ちただけでした、なんて」

「わたしたちがついてるから。相川《あいかわ》くんが言《い》いづらかったら、そばにいるだけでいいの」

七瀬《ななせ》さんが両手《りょうて》をこすりあわせながら言《い》った。おがんでいるのではなく、指《ゆび》さきが凍《こご》えて痛《いた》いのだ。

「でも、そんな……」

「キオスク、あんたいいかげんにしな」

なかなか腹《はら》をくくらないキオスクに、わたしはとうとうぶちきれた。

「わたしたちだって本当《ほんとう》はこわいんだよ。七瀬《ななせ》さん、うちで泊《と》まりこみで勉強《べんきょう》してるって、ずっとお母《かあ》さんにうそついてんだし。うちの両親《りょうしん》だってこのこと知《し》ったら、どんなに怒《おこ》るかわからない。しっかり留守番《るすばん》してると思《おも》って安心《あんしん》してたのに、姉弟《きょうだい》そろって人《ひと》んちの屋根《やね》にのぼってたんだから。お正月《しょうがつ》の温泉《おんせん》どころじゃないよ。たぬきもパーよ。でも、自分《じぶん》たちで考《かんが》えて、楽《たの》しんで、これがきっかけで七瀬《ななせ》さんとも仲良《なかよ》くなれたし、あんたがただのボケじゃないってこともわかったから。大好《だいす》きな遊《あそ》びだから、大事《だいじ》な思《おも》い出《で》だから、ちゃんと自分《じぶん》たちでケリをつけたいじゃない」

言《い》いたいことを言《い》いつくし、抱《かか》えこんだ膝《ひざ》の上《うえ》にあごをのせた。

迷《まよ》っているのか、キオスクはだまりこんだまま。街灯《がいとう》に照《て》らされたとなりの屋根《やね》のあたりをうつろにながめている。

三軒《げんさき》先の家《いえ》にはまだ明《あ》かりが灯《とも》っていた。どこか遠《とお》くから車《くるま》のエンジン音《おん》も聞《き》こえてきた。いつもは人気《ひとけ》のない場所《ばしょ》ばかり選《えら》んでいたせいか、自分《じぶん》たち以外《いがい》に目覚《めざ》めている人間《にんげん》の気配《けはい》がすると、いきなりこの夜《よる》の中《なか》に侵入者《しんにゅうしゃ》がまぎれこんだような気分《きぶん》になる。

今《いま》は四人《にん》だけにしてほしかった。

静《しず》かにキオスクの返事《へんじ》を待《ま》たせてほしかった。

「きっと、笑《わら》われるだろな」

やがて、キオスクがくちびるをゆがめて言《い》った。

「自殺《じさつ》だと思《おも》ってたのにさ、ただ屋根《やね》から落《お》ちただけなんて、みんなの笑《わら》いものだよ」

「同情《どうじょう》されるのとどっちがいい？」

わたしが言《い》うと、

「わかった。ぼくも一緒《いっしょ》に行《い》くよ」

やっと覚悟《かくご》を決《き》めた。

みんなの顔《かお》が一気《いっき》に晴《は》れやかになる。これをきっかけにキオスクの不登校《ふとうこう》を終《お》わらせようという魂胆《こんたん》なのだ。

「本当《ほんとう》いうとさ、ぼく、ほんのちょっと楽《たの》しみなんだ。明日《あした》、先生《せんせい》がどんな顔《かお》するか」

リンが目《め》をくりんとさせて、

「わたしも」

「わたしも」

みんなで笑《わら》いだした。

笑《わら》いながらも、骨《ほね》がぎしぎし鳴《な》りそうなくらい寒《さむ》い。さっきから息《いき》を吸《す》いこむたびに、胃《い》の中《なか》に霜《しも》がおりていく気《き》がする。

それでも。屋根《やね》のぼりもこれでおしまいと思《おも》うと、寒《さむ》さより名残《なごり》おしさのほうが強《つよ》いのか、「部屋《へや》にもどろう」とはだれも言《い》いださなかった。

代《か》わりに、七瀬《ななせ》さんがささやかな防寒対策《ぼうかんたいさく》を思《おも》いついた。

「手《て》をつながない？　みんなで。そしたらちょっとはあったまるかも」

左《ひだり》からリンと七瀬《ななせ》さんが、七瀬《ななせ》さんとキオスクが、リレーのバトンでも交換《こうかん》していくように手《て》をつなぎはじめた。

ギプスからはみでたキオスクの手首《てくび》。そっと触《ふ》れると、てのひらはぞくっと冷《つめ》たい。また骨《ほね》が折《お》れたりしないように軽《かる》く握《にぎ》った。

あたたまりはしなかったものの、みんなでひとつの毛布《もうふ》にくるまって、原始的《げんしてき》なやりかたで風《かぜ》と戦《たたか》っている感《かん》じは悪《わる》くなかった。

ふと気《き》がつくと、キオスクがぐずぐずと鼻《はな》をすすりあげている。

キオスクの顔《かお》をぬらしているのは鼻水《はなみず》だけじゃなかった。

「あんた、泣《な》いてんの？」

「富塚先生《とみづかせんせい》が言《い》ったんだ」

「すみれちゃん？」

「富塚先生《とみづかせんせい》、学校《がっこう》やめる前《まえ》にぼくんちに来《き》たんだよ。二年C組《ねんシーぐみ》のみんなはだいじょうぶだろうけど、ぼくのことだけは心配《しんぱい》だって。ぼくんちに来《き》て、言《い》ったんだ。大人《おとな》も子供《こども》もだれだって、一番《いちばん》しんどいときは、ひとりで切《き》りぬけるしかないんだ、って」

七瀬《ななせ》さんがさしだした花柄《はながら》のハンカチで、キオスクが顔中《かおじゅう》をこすりながら言《い》った。

「ぼくたちはみんな宇宙《うちゅう》のみなしごだから。ばらばらに生《う》まれてばらばらに死《し》んでいくみなしごだから。自分《じぶん》の力《ちから》できらきら輝《かがや》いてないと、宇宙《うちゅう》の暗闇《くらやみ》にのみこまれて消《き》えちゃうんだよ、って」

宇宙《うちゅう》のみなしご。

毛布《もうふ》をはらりと頭《あたま》からはずして、わたしは夜空《よぞら》をあおぎ見《み》た。

のしかかってくるような濃紺《のうこん》の闇《やみ》に、息《いき》がつまった。

宇宙《うちゅう》という言葉《ことば》を思《おも》いうかべるだけで、この空《そら》はこんなにも暗《くら》く、果《は》てしなく、そして荒々《あらあら》しい。その圧倒的《あっとうてき》な暗黒《あんこく》の中《なか》で、星《ほし》ぼしが光《ひかり》を強《つよ》めたり弱《よわ》めたりしながら、懸命《けんめい》に輝《かがや》こうとしている。

すみれちゃんの言葉《ことば》がよくわかる。

わたしだって知《し》っていた。

一番《いちばん》しんどいときはだれでもひとりだと知《し》っていた。

だれにもなんとかしてもらえないことが多《おお》すぎることを知《し》っていた。

だからこそ幼《おさな》い知恵《ちえ》をしぼり、やりたいようにやってきた。小人《こびと》たちの足音《あしおと》に耳《みみ》をすまして、自分《じぶん》も一緒《いっしょ》に走《はし》ろうと、走《はし》りつづけようと、やってきた。

十四年間《ねんかん》、あの手《て》この手《て》で生《う》みだしてきた、リンとの遊《あそ》び。

そのくりかえしの中《なか》で、わたしはたしかに学《まな》んだのだ。

頭《あたま》と体《からだ》の使《つか》いかた次第《しだい》で、この世界《せかい》はどんなに明《あか》るいものにもさみしいものにもなるのだ、と。

宇宙《うちゅう》の暗闇《くらやみ》にのみこまれてしまわないための方法《ほうほう》だ。

「でもさ」

と、涙《なみだ》と鼻水《はなみず》だらけの顔《かお》でキオスクは続《つづ》けた。

「でも、ひとりでやってかなきゃならないからこそ、ときどき手《て》をつなぎあえる友達《ともだち》を見《み》つけなさいって、富塚先生《とみづかせんせい》、そう言《い》ったんだ。手《て》をつないで、心《こころ》の休憩《きゅうけい》ができる友達《ともだち》が必要《ひつよう》なんだよ、って」

一瞬《いっしゅん》、わたしの手《て》を握《にぎ》るキオスクの指《ゆび》に力《ちから》がこもった。

さっきよりも微妙《びみょう》に、でも確実《かくじつ》にあたたまっているキオスクのてのひら——。

「じゃあ、これからもときどき手《て》をつなごう」

七瀬《ななせ》さんがほほえんだ。

「またみんなでおもしろい遊《あそ》びも考《かんが》えようね。今度《こんど》はもっと安全《あんぜん》なやつを」

リンもからりと笑《わら》った。

「ぼくも一緒《いっしょ》でいい？」

不安《ふあん》げなキオスクの泣《な》き顔《がお》も、みんなのうなずきでたちまち笑顔《えがお》に変《か》わった。

明日《あした》からどうなるかわからないのに、懲《こ》りない仲間《なかま》たちの笑顔《えがお》がうれしい。

つなぎあわせたてのひらから電流《でんりゅう》のように流《なが》れてくるぬくもり。

心《こころ》の休憩《きゅうけい》。

「さて、と」

負《ま》けずにわたしも不屈《ふくつ》の笑顔《えがお》を作《つく》ると、

「今度《こんど》はなにして遊《あそ》ぼうかな」

新《あたら》しい挑戦状《ちょうせんじょう》をたたきつけるように、宇宙《うちゅう》の暗闇《くらやみ》をにらみつけた。

十五の我《われ》には

上《うえ》橋《はし》菜《な》穂《ほ》子《こ》

夜明《よあ》けの影《かげ》

ピクッと身体《からだ》がふるえて、その感覚《かんかく》で目《め》がさめた。

バルサは寝台《しんだい》に横《よこ》たわったまま、ぼうっと壁《かべ》ぎわに置《お》いてある椅子《いす》を見《み》ていた。

そこにだれかがすわっているような気《き》がして、つかのま身《み》をかたくしたが、すぐに目《め》の錯覚《さっかく》であることに気《き》づいて、力《ちから》をぬいた。

まだ、夜明《よあ》けには間《ま》があるのだろう。部屋《へや》の中《なか》は暗《くら》く、椅子《いす》の輪郭《りんかく》もさだかには見《み》えない。眠《ねむ》る前《まえ》に椅子《いす》の下《した》に並《なら》べておいた長靴《ちょうか》のせいで、だれかが椅子《いす》にすわっているように見《み》えたのだ。

風《かぜ》が窓《まど》をゆらす音《おと》がして、かすかに夜気《やき》が鼻《はな》をすすった。カンバルの夜明《よあ》け前《まえ》の、雪《ゆき》の匂《にお》いのする氷《こおり》のような夜気《やき》だった。

澄《す》んだ夜気《やき》の匂《にお》いを感《かん》じたとき、ついさっきまで、血《ち》と煙《けむり》のにおいをかいでいたことを思《おも》いだした。——そういう夢《ゆめ》をみていたのだろう。

——……人《ひと》を殺《ころ》した者《もの》にも……、

チャグムの声《こえ》が耳《みみ》の奥《おく》で聞《き》こえた。

昨日《きのう》の夜《よる》、脇《わき》に来《き》てすわり、膝《ひざ》をかかえていたチャグムの顔《かお》が目《め》に浮《う》かんだ。


——……いつか、苦《くる》しさを忘《わす》れて……納得《なっとく》して……生《い》きられる日《ひ》がくるのかな。それとも、ずっと苦《くる》しいままなのかな……。


旅《たび》のあいだも、王城《おうじょう》にはいってからも、張《は》りつめた表情《ひょうじょう》をくずさなかったチャグムの目《め》に、あのとき、ふっと無防備《むぼうび》な、幼子《おさなご》のような弱《よわ》さが見《み》えた。

バルサは仰向《あおむ》けになり、両手《りょうて》で顔《かお》をおおった。

(……もっと、)

気《き》のきいたことを言《い》ってやればよかった。あのとき口《くち》をついて出《で》たのは、ずいぶんと正直《しょうじき》すぎる、生半可《なまはんか》なことばかりで……。

大人《おとな》びてみえても、まだ十七――まだ、たった十七なのだ。それなのに、あの子《こ》は多《おお》くの命《いのち》を、その背《せ》に負《お》わねばならない。

（あのくらいの年《とし》の頃《ころ》なんて、わたしは人《ひと》の命《いのち》を背《せ》負《お》うどころか、自分《じぶん》の命《いのち》すら、まともに背《せ》負《お》えなかった……。）

ジグロにささえられてやっと、なんとか立《た》っていたのだ。

（そのくせ、ジグロに面倒《めんどう》をかけていることが、嫌《いや》でならなかった。）

なんと幼《おさな》かったのだろう……。

バルサは暗《くら》い天井《てんじょう》を見《み》あげて、なかば夢《ゆめ》が残《のこ》っている心《こころ》のどこかから、十五の頃《ころ》のあれこれが滑《すべ》り出《で》てくるにまかせた。

一　死闘《しとう》

だれを斬《き》ったのか、すでに血《ち》にまみれている刃《やいば》が、目《め》の前《まえ》に迫《せま》ってきた。

バルサは顔《かお》をひかず、身体《からだ》をひねりながら敵《てき》の右側《みぎがわ》にのりだし、短槍《たんそう》を刀《かたな》のように使《つか》って敵《てき》の脇腹《わきばら》を切《き》り裂《さ》いた。

傷口《きずぐち》からとびちった血《ち》を顔《かお》に受《う》けながら、敵《てき》の脇《わき》にとびだし、さらに、そいつの腰《こし》を足《あし》で蹴《け》って、蹴《け》たおした。そいつの背後《はいご》から、こちらへ足《あし》を踏《ふ》みだそうとしていた敵《てき》が、そいつの身体《からだ》にぶちあたって、よろめくのが見《み》えた。

目《め》がくらむ。

闘《たたか》いはじめて、もうどれくらい経《た》つのだろう。まだ、どこにも傷《きず》はなかったが、息《いき》が上《あ》がりはじめていた。

（……ちくしょう。）

バルサは数歩右《すうほみぎ》に駆《か》けて、乱闘《らんとう》の場《ば》から離《はな》れると、すばやく、この場《ば》の状況《じょうきょう》を見《み》わたした。左手《ひだりて》は切《き》りたった岸壁《がんぺき》、右手《みぎて》は谷川《たにがわ》へとゆるやかに下《くだ》る斜面《しゃめん》になっている街道道《かいどうみち》で、谷川《たにがわ》への斜面《しゃめん》は足場《あしば》のわるいガレ場《ば》になっている。隊商《たいしょう》の護衛士《ごえいし》のひとりが盗賊《とうぞく》に斬《き》りたおされて、斜面《しゃめん》をずるずると谷川《たにがわ》へと落《お》ちていくのが見《み》えた。

逃《に》げていった商人《しょうにん》たちを盗賊《とうぞく》が追《お》えぬよう、道塞《みちふさ》ぎの岩《いわ》のようにジグロが立《た》っているのが見《み》える。短槍《たんそう》をみごとに旋回《せんかい》させて、むらがっていく盗賊《とうぞく》たちを寄《よ》せつけていない。

しかし、敵《てき》の数《かず》はあまりにも多《おお》かった。まだ十人《にん》はいる。

あの商人《しょうにん》たちは、よっぽどだれかに恨《うら》まれていたのだろう。これは、ふつうの盗賊行為《とうぞくこうい》ではない。隊商《たいしょう》の荷《に》をうばうことを目的《もくてき》にした襲撃《しゅうげき》ではなく、皆殺《みなごろ》しにすることを目的《もくてき》にした襲撃《しゅうげき》だった。

もはや、立《た》っている護衛士《ごえいし》は、ジグロとバルサのふたりだけだった。

だが、倒《たお》れている味方《みかた》の数《かず》は、ぱっと見《み》ただけでも、わずかに三人《にん》。残《のこ》りの護衛士《ごえいし》たちの姿《すがた》は、どこにも見《み》えない。

（はめられた……。）

舌打《したう》ちをして、襲《おそ》いかかってきた敵《てき》の刃《やいば》を短槍《たんそう》で跳《は》ねあげ、跳《は》ねあげた、その勢《いきお》いのまま手《て》の中《なか》で柄《え》を上方《じょうほう》にすべらせて、石突《いしづき》の近《ちか》くを握《にぎ》るや、敵《てき》の額《ひたい》に打《う》ちおろした。

敵《てき》が昏倒《こんとう》するのを見《み》とどけもせず、バルサは、ガレ場《ば》の斜面《しゃめん》を、ジグロのほうへむかって走《はし》りはじめた。

これ以上《いじょう》は無理《むり》だ。逃《に》げるべきだ。

細《こま》かく砕《くだ》けた岩《いわ》がごろごろしているガレ場《ば》は走《はし》りにくく、飛《と》んでくる矢《や》を避《よ》けるのがむずかしい。

走《はし》りだしてから、さっきの場所《ばしょ》にとどまって、あそこにいた連中《れんちゅう》をすべて倒《たお》したあとで動《うご》くべきだった、という後悔《こうかい》が胸《むね》を刺《さ》した。ふたりきりになってしまったという焦《あせ》りが判断《はんだん》を狂《くる》わせたのかもしれない。

だが、いったん走《はし》りだしたら、顔《かお》が向《む》いている方向《ほうこう》へ動《うご》きつづけるべきだ。立《た》ちどまれば、やられる。

追《お》ってくる足音《あしおと》、怒声《どせい》、弓弦《ゆんづる》の鳴《な》る音《おと》、飛《と》んでくる矢《や》……。

ふいに、右《みぎ》の腿《もも》に棍棒《こんぼう》でたたかれたような痛《いた》みが走《はし》り、バルサはつんのめって、ひっくりかえった。矢《や》が刺《さ》さったのだ。

歯《は》をくいしばって、ふるえながら、バルサは腿《もも》から突《つ》きだしている矢《や》の、長《なが》い矢柄《やがら》をへし折《お》った。

（……父《とう》さん、こっちを見《み》るな。……こっちを、見《み》るな。）

ジグロが、自分《じぶん》のようすに気《き》づいたら、このガレ場《ば》へ駆《か》けおりてくるかもしれない。それだけは、避《さ》けたかった。口《くち》の中《なか》で祈《いの》りながら、バルサは足《あし》をひきずって立《た》ちあがり、背《はい》後《ご》から襲《おそ》ってきた男《おとこ》の腕《うで》の下《した》へもぐりこむや、手《て》に握《にぎ》っていた折《お》ったばかりの矢柄《やがら》を、その男《おとこ》の脇腹《わきばら》に突《つ》き刺《さ》した。

もはや、自分《じぶん》がなにをしているのか、わからなくなっていた。音《おと》も匂《にお》いも遠《とお》のき、ただ、赤《あか》い靄《もや》のような光景《こうけい》の中《なか》で、ひたすらに身体《からだ》が動《うご》くにまかせ、バルサは闘《たたか》いつづけた。ヒグマの仔《こ》が、もがきながらガレ場《ば》を登《のぼ》っていくように、バルサは闘《たたか》いながら必死《ひっし》にガレ場《ば》を登《のぼ》り、ジグロに近《ちか》づいていった。

自分《じぶん》の息《いき》の音《おと》がうるさい。肺《はい》が焼《や》けつくように痛《いた》かった。返《かえ》り血《ち》が目《め》に入《はい》りこんで、よく見《み》えない。短槍《たんそう》が鉛《なまり》の棒《ぼう》のように重《おも》い。

肩《かた》をつかまれたとき、バルサは、とっさに身《み》をねじって短槍《たんそう》を自分《じぶん》の腋《わき》の下《した》をくぐらせ、背後《はいご》に立《た》っている男《おとこ》に突《つ》き刺《さ》そうとした。しかし、背後《はいご》の男《おとこ》は、さっと短槍《たんそう》をつかみ止《と》めた。おそろしい力《ちから》だった。引《ひ》いても押《お》しても動《うご》かない。

「…………」

なにか言《い》っている。

歯《は》をむきだし、うなりながらバルサはもがいた。

「……バルサ、おれだ！」

その声《こえ》がようやく耳《みみ》にとどき、バルサは、短《みじか》く息《いき》をつきながら、動《うご》きを止《と》めた。

「おれだ。……もういい……終《お》わった。」

ジグロの言葉《ことば》の意味《いみ》が頭《あたま》に沁《し》みこんだとたん、目《め》の前《まえ》が暗《くら》くなった。くずれおちそうになったバルサの身体《からだ》を、ジグロが抱《だ》きとめた。

「しっかりしろ！　まだ、気《き》をうしなうな。」

浅《あさ》く息《いき》をしながら、バルサは歯《は》をくいしばって、うなずいた。

ジグロはバルサの左《ひだり》の手首《てくび》をがっちり握《にぎ》り、その腕《うで》を自分《じぶん》の首《くび》の後《うし》ろにまわした。なかば担《かつ》がれるようにして、バルサは歩《ある》きはじめた。闘《たたか》っているあいだも、つねに感《かん》じていた右足《みぎあし》の痛《いた》みが激《はげ》しくなってきた。足《あし》を地面《じめん》につけるたびに、激痛《げきつう》が走《はし》る。

ふたりは、倒《たお》れてうめいている男《おとこ》たちの身体《からだ》をよけて、慎重《しんちょう》に足《あし》もとをたしかめながら、ガレ場《ば》の斜面《しゃめん》を谷川《たにがわ》へと下《くだ》りはじめた。この盗賊《とうぞく》たちに仲間《なかま》が残《のこ》っていたら、この状態《じょうたい》で追撃《ついげき》を受《う》ければ、命《いのち》はない。谷川沿《たにがわぞ》いにひろがっている森《もり》にはいって、隠《かく》れるべきだった。

最後《さいご》は、ずるずる滑《すべ》りながら、ようやく河原《かわら》におり立《た》ったとき、バルサは、かすれ声《ごえ》で、つぶやいた。声《こえ》をださないと、気《き》をうしなってしまいそうだった。

「……はめられた。」

ジグロがうなずいた。

「ああ。」

「……どいつが、内通《ないつう》してやがったんだろう……。」

護衛士《ごえいし》のだれかが、盗賊《とうぞく》と通《つう》じていたのだ。そうでなければ、これほどみごとに襲撃《しゅうげき》されるはずがない。

「商人連中《しょうにんれんちゅう》も……あっさり、逃《に》げちまったし……。」

くいしばった歯《は》のあいだから、つぶやくと、ジグロが応《こた》えた。

「おれたちは、彼《かれ》らを逃《に》がすために、雇《やと》われたんだろうが。」

「でも……。」

バルサは言《い》いかえした。

「やつら、前金《まえきん》しかくれていないじゃないか……。」

ジグロは、うすく笑《わら》った。

「半金《はんきん》がとれなくなることを考《かんが》えて報酬《ほうしゅう》を決《き》めている。前払《まえばら》いの半金《はんきん》だって、けっこうな額《がく》だろうが。」

バルサは、肩《かた》をすくめた。

「……命《いのち》の、代金《だいきん》にしちゃ、安《やす》すぎるよ……。」

しばらく、ジグロは応《こた》えなかったが、森《もり》の中《なか》に足《あし》を踏《ふ》み入《い》れたところで足《あし》を止《と》めると、しずかな声《こえ》で言《い》った。

「そう思《おも》うなら、いつかおまえは、命《いのち》を購《あがな》わないですむ仕事《しごと》を見《み》つけろ。」

いつか——追手《おって》がこない日《ひ》がきたら。

そんな日《ひ》がくるはずがない。それに、もうおそい。自分《じぶん》は、人《ひと》を殺《ころ》して、生《い》きてきたのだから……そう思《おも》ったのを最後《さいご》に、バルサは気《き》をうしなった。

＊

血《ち》のにおいに満《み》ちた苦痛《くつう》の靄《もや》をつらぬいて、天《てん》に昇《のぼ》っていくような、澄《す》んだ歌声《うたごえ》と哀愁《あいしゅう》をおびた調《しら》べが風《かぜ》にただよっている。なかば気《き》をうしなったまま、バルサは、その歌《うた》声《ごえ》を、ずいぶん長《なが》いこと聞《き》いていたような気《き》がした。

だれかと話《はな》しているジグロの声《こえ》が聞《き》こえた。

「……おれは、怪我《けが》はしていない。これは返《かえ》り血《ち》だ。娘《むすめ》は、右足《みぎあし》に矢傷《やきず》を負《お》っている。それほどの深手《ふかで》じゃないが。」

ひんやりとした手《て》が、足《あし》の傷《きず》に触《ふ》れたので、バルサはびくっと目《め》をあけた。

だれかが、片膝《かたひざ》をついて、バルサの腿《もも》の傷《きず》を調《しら》べていた。

「深手《ふかで》じゃないなんて……これほどの傷《きず》なのに。」

なめらかな絹布《けんぷ》で、頬《ほお》をなでられたような気《き》がした。――こんな声《こえ》は、聞《き》いたことがなかった。乾《かわ》いた返《かえ》り血《ち》がこびりついているせいで、まつげが重《おも》い。それでも必死《ひっし》に目《め》をあけて、バルサはその声《こえ》の主《ぬし》を見《み》た。

声《こえ》がそのまま姿《すがた》になったような美《うつく》しい人《ひと》だった。まっすぐこちらを見《み》つめている目《め》は、深《ふか》い茶色《ちゃいろ》をしている。

「こんな傷《きず》を負《お》っていて、ふたりだけで野宿《のじゅく》するのは危険《きけん》でしょう。ここから、人家《じんか》があるところまでは、二日《ふつか》はかかるし。」

そう言《い》うや、女人《にょにん》は、背後《はいご》にたたずんでいる奇妙《きみょう》な衣《ころも》をまとった女《おんな》たちをふりかえった。旅芸人《たびげいにん》の一座《いちざ》なのだろう、笛《ふえ》や太鼓《たいこ》をたずさえている者《もの》もいる。

「今夜《こんや》は、ここで宿《やど》りをしましょう。野宿《のじゅく》の準備《じゅんび》をととのえてちょうだい。」

女《おんな》たちのあいだに、ざわめきが起《お》きた。なかのひとりが遠慮《えんりょ》がちに口《くち》をひらいた。

「でも、お頭《かしら》、こんなところで、いまから野宿《のじゅく》をしたら、明日《あす》、アハランに着《つ》けませんん。」

お頭《かしら》と呼《よ》ばれた美《うつく》しい女人《にょにん》が口《くち》をひらきかけたとき、ジグロが太《ふと》い声《こえ》で言《い》った。

「サダン・タラム〈風《かぜ》の楽人《がくじん》〉のお頭《かしら》、お心《こころ》づかいはありがたいが、おれたちは大丈夫《だいじょうぶ》だ。――こういうことには、慣《な》れている。」

「……でも。」

言《い》いかけたお頭《かしら》の言葉《ことば》を、手《て》でさえぎって、ジグロは言《い》った。

「もし、手持《ても》ちに余裕《よゆう》がおありなら、薬草《やくそう》と酒《さけ》と食糧《しょくりょう》をすこし、分《わ》けていただけるか。相応《そうおう》の対価《たいか》をお支払《しはら》いする。」

お頭《かしら》は目《め》を細《ほそ》めて、ジグロを見《み》つめていたが、やがて、うなずいた。

「もちろん、お分《わ》けしましょうよ。でも、すこしばっかりの薬草《やくそう》と食糧《しょくりょう》に、お金《かね》なんぞいりません。」

首《くび》をふろうとしたジグロを、今度《こんど》はお頭《かしら》がさえぎった。

「サダン・タラムの心意気《こころいき》を、無駄《むだ》にしないでくださいな。わたしらはね、いい男《おとこ》には、いい顔《かお》をしたくなるんですよ。……ねぇ？」

なかば後《うし》ろの連中《れんちゅう》をふりかえりながら、お頭《かしら》がほほえむと、後《うし》ろの連中《れんちゅう》も笑《わら》いながら同意《どうい》した。

ジグロは苦笑《くしょう》した。

「……ならば、ありがたくご厚意《こうい》をお受《う》けしよう。」

男衆《おとこしゅう》が荷馬《にうま》から薬草《やくそう》と酒《さけ》と食糧《しょくりょう》をおろしてくれているあいだに、女《おんな》たちが焚《た》き火《び》をたいてくれた。たのんだわけではなかったが、彼女《かのじょ》らは小《ちい》さな鍋《なべ》に水《みず》を汲《く》んできて、手早《てばや》く湯《ゆ》をわかし、薬草《やくそう》を煮出《にだ》してくれた。

「だれか、もっと水《みず》を汲《く》んでおいでな。この娘《むすめ》さん、血《ち》まみれのまんまじゃ、気持《きも》ちわるいでしょう。」

そう仲間《なかま》に声《こえ》をかけているお頭《かしら》に、ジグロが言《い》った。

「いや、もうこれで充分《じゅうぶん》だ。アハランは遠《とお》い。どうぞ、出発《しゅっぱつ》してくれ。」

「でも……。」

言《い》いかけたお頭《かしら》に、ジグロが応《こた》えるよりはやく、バルサが言《い》った。

「わたしは、大丈夫《だいじょうぶ》です。……血《ち》をかぶってたって、死《し》ぬわけじゃない。明日《あす》の朝《あさ》になったら、川《かわ》で水《みず》を浴《あ》びれば、いいことです。」

お頭《かしら》がおどろいたように、わずかに目《め》を大《おお》きくして、バルサを見《み》た。なにを考《かんが》えているのかわからぬ目《め》で、じっとバルサを見《み》ていたが、やがて、ほほえんだ。

お頭《かしら》は、仲間《なかま》たちに手《て》をふって、出立《しゅったつ》の合図《あいず》をした。それから、ジグロとバルサをふりかえって、温《あたた》かい声《こえ》で言《い》った。

「いちど行《ゆ》き会《あ》ったご縁《えん》。また、どこかで会《あ》うことがあったら、今度《こんど》はおいしいお酒《さけ》でも酌《く》みかわしましょう。」

ジグロが立《た》ちあがり、深《ふか》ぶかと頭《あたま》をさげた。

「ご厚情《こうじょう》に感謝《かんしゃ》する。――つぎに行《ゆ》き会《あ》ったときは、かならず、うまい酒《さけ》を奢《おご》らせてくれ。」

バルサも身体《からだ》を起《お》こして、頭《あたま》をさげたかったが、手足《てあし》に鉛《なまり》が入《はい》ったようで、どうしても動《うご》かすことができなかった。

そんなバルサに、ちらっと笑《わら》いながらうなずいて、お頭《かしら》は、待《ま》っている仲間《なかま》のほうへ歩《ある》いていった。

サダン・タラム〈風《かぜ》の楽人《がくじん》〉が去《さ》ってしまうと、とたんに、あたりがしずかになった。

バルサは、ぼうっと、彼《かれ》らが歩《あゆ》みさったほうを見《み》ていた。

「……矢《や》を抜《ぬ》くぞ。」

ジグロの声《こえ》に、バルサは我《われ》にかえった。

太腿《ふともも》に刺《さ》さっている矢《や》の周囲《しゅうい》を太《ふと》い指《ゆび》でさぐられて、バルサは顔《かお》をしかめた。

「よかったな。やはり、太《ふと》い血管《けっかん》をそれている。」

ジグロは手早《てばや》く、バルサの腿《もも》のつけねに紐《ひも》をかけると、ぎゅっとしばって血止《ちど》めをした。

それから、うなじに片手《かたて》をあてて半身《はんしん》を起《お》こしてくれながら、もう一方《いっぽう》の手《て》で酒壺《さかつぼ》をつかみ、バルサの口《くち》にあてた。

バルサは喉《のど》を鳴《な》らして、酒《さけ》を飲《の》んだ。

強《つよ》い酒《さけ》だった。火《ひ》が喉《のど》をくだり、腹《はら》を焼《や》いて、全身《ぜんしん》にまわっていく。

「なんか、噛《か》んでろ。」

言《い》われるまでもなかった。バルサは、さっきお頭《かしら》が置《お》いていった布《ぬの》を、自分《じぶん》の口《くち》におしこんで、噛《か》みしめた。

ジグロは、酒壺《さかつぼ》から直接酒《ちょくせつざけ》を口《くち》にふくむと、バルサの傷口《きずぐち》に吹《ふ》きかけた。刺《さ》すような痛《いた》みが走《はし》ったが、バルサはうめきもしなかった。

だが、矢《や》を抜《ぬ》かれたときは、うめいた。刺《さ》さってから長《なが》い時間《じかん》たっているので、肉《にく》が矢《や》をまきこんでいたからだ。返《かえ》しがついていない菱形鏃《ひしがたやじり》だったが、それでも、ジグロは額《ひたい》に汗《あせ》を浮《う》かべて、ぐいぐいとゆすぶりながら抜《ぬ》かねばならなかった。その痛《いた》みは、あまりにもすさまじく、抜《ぬ》きおえたあとに、薬草《やくそう》の汁《しる》を傷口《きずぐち》にそそがれたことさえ感《かん》じないほどだった。

ジグロが布《ぬの》をきっちりと巻《ま》いてくれているあいだ、バルサは涙《なみだ》を流《なが》していた。

ほんのすこし、痛《いた》みがひきはじめたとき、バルサは口《くち》から唾《つば》にまみれた布《ぬの》を吐《は》きだし、つぶやいた。

「……ドジを踏《ふ》んだ。」

ジグロが、鼻《はな》で笑《わら》った。

「そうだな。足場《あしば》がわるい場所《ばしょ》に、自分《じぶん》からおりていく馬鹿《ばか》がいるか。」

放《ほう》りなげるように言《い》うや、鮮血《せんけつ》にまみれた布《ぬの》をまるめて、ジグロは立《た》ちあがった。

バルサは目《め》をとじた。

見《み》なくとも、ジグロがなにをしにいったか、わかっていた。ジグロは、木々《きぎ》のあいだに細《ほそ》い糸《いと》を張《は》り、鳴子《なるこ》を吊《つ》るしにいったのだ。夜襲《やしゅう》を受《う》けぬよう、野宿《のじゅく》をするときには、かならずやる仕掛《しか》けだった。だが、今日《きょう》は、いつもより長《なが》く、ジグロはもどってこなかった。

痛《いた》みにさいなまれながら、何度《なんど》か目《め》をあけて、ジグロがもどってこないか森《もり》のあたりを見《み》ていたが、日《ひ》がとっぷりと暮《く》れ落《お》ちたころ、ジグロはようやくもどってきた。

さっき、サダン・タラム〈風《かぜ》の楽人《がくじん》〉にもらった食糧《しょくりょう》がはいっていた革袋《かわぶくろ》を手《て》に持《も》っている。革袋《かわぶくろ》の底《そこ》から、ぽたぽたと水滴《すいてき》が落《お》ちていた。

ジグロは、バルサをかかえ起《お》こした。革袋《かわぶくろ》に口《くち》をつけると、革《かわ》の匂《にお》いがしたが、渇《かわ》ききった喉《のど》にすべりこむ、ひんやりと冷《つめ》たい水《みず》は、天《てん》にも昇《のぼ》るほどうまかった。

バルサがたっぷり飲《の》んだのを見《み》とどけると、ジグロは、革袋《かわぶくろ》の水《みず》で布《ぬの》を湿《しめ》して、バルサの顔《かお》をふきはじめた。

「……いいよ。あした、自分《じぶん》で……。」

言《い》いかけたバルサを無視《むし》して、ジグロは、ごしごしとバルサの顔《かお》にこびりついた血《ち》をふきとった。

怒《おこ》ったような顔《かお》で、血《ち》をぬぐってくれているジグロの目《め》は、底《そこ》なしに暗《くら》かった。ジグロがなにを思《おも》っているのか、考《かんが》えたくなくて、バルサは目《め》をつぶった。

二　酒場《さかば》の暮《く》らし

酒場《さかば》が開《ひら》くには、まだ、だいぶ間《ま》があったが、厨房《ちゅうぼう》ではもう仕込《しこ》みの仕事《しごと》がはじまっていた。

バルサが、裏口《うらぐち》から、厨房《ちゅうぼう》で立《た》ち働《はたら》いている人《ひと》たちに挨拶《あいさつ》の声《こえ》をかけると、上《あ》がりがまちに腰《こし》かけて芋《いも》の皮《かわ》をむいていた娘《むすめ》が、顔《かお》をあげた。

「こちらに、ジグロという者《もの》が雇《やと》われているはずなんですが、いま、おりますでしょうか。」

バルサがたずねると、娘《むすめ》は、ああ、と言《い》った。

「ジグロさんなら、さっき見《み》かけたときは表《おもて》の店《みせ》にいたよ。表《おもて》にまわんなよ。」

バルサは礼《れい》を言《い》って、裏口《うらぐち》を出《で》た。

盗賊《とうぞく》に襲撃《しゅうげき》されてから、そろそろひと月半《つきはん》。矢傷《やきず》はきれいにふさがって、もう歩《ある》いても痛《いた》みはなかった。

ロタの王都《おうと》からホゥラ河沿《がわぞ》いに北上《ほくじょう》したところにあるこの街《まち》は、さほど大《おお》きくはないが、北部《ほくぶ》の大《おお》きな街《まち》ジタンやトルアンに荷《に》を運《はこ》ぶ河船《かわぶね》の船乗《ふなの》りたちが、いったん船《ふね》を係留《けいりゅう》して、食糧《しょくりょう》などを買《か》いこみ、休息《きゅうそく》をとる街《まち》として、人《ひと》の行《ゆ》き来《き》が多《おお》く、活気《かっき》がある。

気《き》の荒《あら》い船乗《ふなの》りたちが行《ゆ》き来《き》するこういう街《まち》には、用心棒《ようじんぼう》の働《はたら》き口《ぐち》が多《おお》い。これまでも、何度《なんど》か、ふたりはこの街《まち》で暮《く》らした経験《けいけん》があった。

ジグロは、怪我《けが》をしているバルサの身《み》を気《き》づかったのだろう。移動《いどう》しつづける隊商《たいしょう》の護衛《ごえい》ではなく、しばらくはこの街《まち》にとどまって暮《く》らそうと言《い》った。そして、古《ふる》なじみの酒場《さかば》に用心棒《ようじんぼう》としておさまったのだった。

陽射《ひざ》しには、春《はる》らしい暖《あたた》かさがあったが、日《ひ》がかたむきはじめると、川風《かわかぜ》がひんやりと肌寒《はだざむ》く感《かん》じられる。バルサは、ゆるめていた襟《えり》の留《と》め紐《ひも》をひっぱって襟《えり》を寄《よ》せながら、店《みせ》のほうにまわった。

開店前《かいてんまえ》の店《みせ》は、がらんとして、うす暗《ぐら》かった。

長《なが》い食卓《しょくたく》の上《うえ》に、いくつもの椅子《いす》が、ひっくりかえしてのせてある。床《ゆか》をふいたばかりなのだろう、割《わ》り板《いた》を並《なら》べた床《ゆか》が黒《くろ》く湿《しめ》って、湿気《しっけ》くさい匂《にお》いがしている。

店《みせ》の奥《おく》の窓《まど》ぎわに、ジグロがすわっていた。

片肘《かたひじ》をついて、食卓《しょくたく》にひろげた書物《しょもつ》を読《よ》んでいる。書物《しょもつ》の脇《わき》に置《お》かれた茶碗《ちゃわん》からは、かすかに湯気《ゆげ》がたっていた。夕暮《ゆうぐ》れの光《ひかり》が、開《ひら》かれた書物《しょもつ》の紙《かみ》をあわく光《ひか》らせている。

その光景《こうけい》を見《み》た瞬間《しゅんかん》、バルサは、なにか硬《かた》いもので、胸《むね》の底《そこ》を突《つ》かれたような気《き》がした。書物《しょもつ》を読《よ》んでいるジグロの姿《すがた》は、このうらぶれた酒場《さかば》には、あまりにも不似合《ふにあ》いだったからだ。

ジグロは、〈王《おう》の槍《やり》〉だったのだ、という思《おも》いが心《こころ》に浮《う》かんだ。

カンバルを離《はな》れたときは、まだ六歳《さい》だったが、それでも、〈王《おう》の槍《やり》〉がどのような存在《そんざい》であるかは知《し》っていた。王宮《おうきゅう》で暮《く》らす、カンバル王国最高《おうこくさいこう》の武人《ぶじん》たち。武芸《ぶげい》はもちろんのこと、詩歌《しいか》や古典《こてん》に精通《せいつう》し、洗練《せんれん》した作法《さほう》を身《み》につけた、カンバル人《じん》の誇《ほこ》り。

親友《しんゆう》の頼《たの》みをきいて、バルサを助《たす》けたりしなければ、ジグロはいまも、王宮《おうきゅう》で、最高《さいこう》の武人《ぶじん》として、おだやかに暮《く》らしていたのだ……。

バルサが戸口《とぐち》に立《た》った気配《けはい》を感《かん》じたのだろう。ジグロが顔《かお》をあげて、こちらを見《み》た。

バルサは小《ちい》さく息《いき》を吸《す》ってまばたきをし、自分《じぶん》の胸《むね》に浮《う》かんだ思《おも》いをさとられぬように、わざと気楽《きらく》なふうをよそおってジグロに近《ちか》よっていった。

「なにを読《よ》んでいるの？」

ジグロは書物《しょもつ》の表紙《ひょうし》を見《み》せてくれた。その枯葉色《かれはいろ》の表紙《ひょうし》は、古《ふる》びてはいるが、落《お》ちついた色《いろ》あいで、美《うつく》しかった。

「詩集《ししゅう》だよ。ロルアのな。彼《かれ》は、味《あじ》のある詩《し》を書《か》く。……読《よ》んでみるか。」

バルサは、にやっと笑《わら》って首《くび》をふった。

「いいよ、詩集《ししゅう》なんて。読《よ》むと眠《ねむ》くなるだけだもの。」

ジグロは眉《まゆ》をひそめた。

「……まったく、風流《ふうりゅう》というものがわからんな、おまえは。」

そう言《い》ってから、思《おも》いだしたように問《と》うた。

「働《はたら》き口《ぐち》が決《き》まったのか？」

「うん。ヤクーラ通《どお》りのフラハンっていう店《みせ》が、雇《やと》ってくれた。——住《す》み込《こ》みの、用心棒《ようじんぼう》としてね。」

そう言《い》うと、ジグロは疑《うたが》わしげに眉《まゆ》をあげたが、バルサは表情《ひょうじょう》を動《うご》かさなかった。

しばらくは皿洗《さらあら》いと料理《りょうり》の仕込《しこ》みの手伝《てつだ》いをしろ、用心棒《ようじんぼう》として役《やく》にたつかどうかは、ようすをみてから決《き》めるという店主《てんしゅ》の言葉《ことば》をそのまま伝《つた》える気《き》はなかった。

十五の小娘《こむすめ》を用心棒《ようじんぼう》として雇《やと》ってくれる店《みせ》など、あるはずがない。

だが、下働《したばたら》きをしながらでも、なにかのおりに、用心棒《ようじんぼう》として充分役《じゅうぶんやく》にたつのだと認《みと》めてもらえれば、やがては用心棒《ようじんぼう》だけで食《く》えるようになるだろう。そうやって、地道《じみち》に評判《ひょうばん》を得《え》ていくしかないのだと、バルサは思《おも》っていた。

隊商《たいしょう》の護衛《ごえい》をするときは、ジグロの従者《じゅうしゃ》として、一人前《いちにんまえ》の護衛士《ごえいし》の半額《はんがく》ほどの金額《きんがく》をもらえたが、こういう街《まち》での仕事口《しごとぐち》は、ふたりいっしょというわけにはいかない。

去年《きょねん》までは、ジグロが用心棒《ようじんぼう》をしている店《みせ》で皿洗《さらあら》いなどをしていたのだが、今年《ことし》は十五になったことだし、別《べつ》の店《みせ》で経験《けいけん》をつみたいと言《い》うと、ジグロはそれもいいだろう、と、あっさり認《みと》めてくれたのだった。

「けっこう大《おお》きな店《みせ》だけど、知《し》っている？」

ジグロは顎《あご》ひげをさすった。

「鳥料理《とりりょうり》と地酒《じざけ》を出《だ》す、賭博酒場《とばくさかば》だな。河《かわ》のすぐそばの。」

なにを思《おも》ったのか、ちらっと目《め》に、気《き》づかわしげな色《いろ》が浮《う》かんだ。

「なに？　……やばい店《みせ》なの？」

バルサが問《と》うと、ジグロは首《くび》をふった。

「いや、ああいう店《みせ》のなかでは、まっとうなほうだろう。わるい評判《ひょうばん》は聞《き》かん。――まあ、落《お》ちついて働《はたら》け。ときどきは、この店《みせ》にも顔《かお》を見《み》せろ。」

「はい。」

バルサは神妙《しんみょう》にうなずいた。

＊

「へぇ、おまえ、なかなか皮《かわ》むきがうまいな。」

バルサが足《あし》ではさんでいる籠《かご》の中《なか》に目《め》をやって、料理長《りょうりちょう》がおどろいたように言《い》った。

「小娘《こむすめ》のくせに、短槍《たんそう》なんぞ持《も》って、変《へん》なやつだと思《おも》ったが、使《つか》えんわけじゃなさそうだな。」

バルサは無言《むごん》で、小《ちい》さく頭《あたま》をさげた。

そのあいだも、手《て》は止《と》めず、つぎつぎに芋《いも》の皮《かわ》を小刀《こがたな》でむいていく。芋《いも》の皮《かわ》むきも、バルサにとっては修行《しゅぎょう》のひとつだった。バルサは芋《いも》を見《み》ていなかった。周囲《しゅうい》に気《き》づかれぬよう、芋《いも》を見《み》ているように顔《かお》をうつむけてはいたが、実際《じっさい》は床《ゆか》の一点《いってん》を見《み》ていた。目《め》で見《み》ずに、手《て》を自在《じざい》に動《うご》かせるように努《つと》めていたのだ。

芋《いも》をすべてむきおわり、芽《め》をとって小《ちい》さな俎《まないた》の上《うえ》で均等《きんとう》に輪切《わぎ》りにすると、バルサはそれを入《い》れた鍋《なべ》を持《も》って立《た》ちあがり、外《そと》の井戸《いど》へ持《も》っていった。水《みず》を張《は》った桶《おけ》に芋《いも》を浮《う》かべて、アク抜《ぬ》きをするためだ。

井戸《いど》のまわりには、下働《したばたら》きの娘《むすめ》たちがたむろしていた。腕《うで》まくりをしたまま、立《た》ち話《ばなし》をしている。ささやくような声《こえ》で、人《ひと》の名前《なまえ》を告《つ》げあっては、きゃあ、きゃあ、笑《わら》いあっている。どうやら、どの料理人《りょうりにん》が好《す》きか、打《う》ち明《あ》けあっているらしい。

「ねぇ、あんた！」

なかのひとりが声《こえ》をかけてきたので、バルサは顔《かお》をあげた。

「あんたはさ、だれがいいと思《おも》う？　やっぱり、サークさん？」

バルサは耳《みみ》のあたりをなでながら、答《こた》えた。

「さあ。……よくわかんない。ごめんよ。」

そう言《い》うと、娘《むすめ》たちは、火《ひ》からおろされた鍋《なべ》のようにしずかになって、まじまじとバルサを見《み》た。娘《むすめ》たちは、なぜか、まぶしいものでも見《み》るような目《め》でバルサを見《み》ていたが、やがて、最初《さいしょ》に声《こえ》をかけてきた娘《むすめ》が照《て》れたような顔《かお》であやまった。

「ごめんね、変《へん》なこと聞《き》いてさ。」

バルサは苦笑《くしょう》した。

「こっちこそ、ごめんよ。場《ば》をしらけさせちゃったね。」

彼女《かのじょ》らに、ちょっと会釈《えしゃく》して、ぬれた手《て》を前掛《まえか》けでぬぐうと、バルサは、井戸《いど》ばたに背《せ》をむけた。

店《みせ》の屋根《やね》ごしに見《み》える空《そら》が、夕焼《ゆうや》け雲《ぐも》に染《そ》まっている。厨房《ちゅうぼう》からさかんに立《た》ちのぼっている煙《けむり》が、その雲《くも》にまぎれて、消《き》えていった。

＊

「……ねぇ、あんた、だいじょうぶ？」

ゆすられて、バルサは、はっと目《め》をあけた。

びっしょりと寝汗《ねあせ》をかいている。浅《あさ》い息《いき》をつきながら、バルサは、隣《となり》に横《よこ》たわっている娘《むすめ》の、心配《しんぱい》そうな顔《かお》を見《み》つめた。

「すごく、うなされてたよ。」

「ああ……。」

バルサは、汗《あせ》で額《ひたい》にはりついた髪《かみ》をかきあげて、ささやいた。

「……わるい夢《ゆめ》を、みたんだ。ごめん、起《お》こしちまって……。」

酒場《さかば》の下働《したばたら》きの女《おんな》たちが眠《ねむ》るのは、店《みせ》の屋《や》根裏《ねうら》につくられている天井《てんじょう》の低《ひく》い大部屋《おおべや》だった。小《ちい》さな寝台《しんだい》がずらりと並《なら》べられていて、娘《むすめ》たちはそこで、くっつきあうようにして眠《ねむ》るのだ。深夜《しんや》をだいぶん過《す》ぎるまで働《はたら》かされる娘《むすめ》たちは、床《とこ》にはいると、泥《どろ》のように眠《ねむ》る。寝息《ねいき》だけが、うす暗《ぐら》い部屋《へや》の中《なか》に満《み》ちていた。

声《こえ》をかけてくれた娘《むすめ》も、もう目《め》をとじている。かすかにあけている口《くち》からは、しずかな寝息《ねいき》がもれていた。

バルサは身体《からだ》をかたむけて、小《ちい》さな窓《まど》を見《み》た。

空《そら》は鉄色《てついろ》をしていた。夜《よ》が明《あ》けるのだ。

（……いやな夢《ゆめ》だったな。）

夢《ゆめ》の名残《なご》りが、まだ身体《からだ》のすみずみに残《のこ》っていた。

——おお、おまえは、カンバル人《じん》だな。……どの氏族《しぞく》の子《こ》だね？

耳《みみ》の奥《おく》に残《のこ》る、やさしい声《こえ》と、頭《あたま》をつつむように置《お》かれた大《おお》きな手《て》の温《あたた》かさと重《おも》さ……。

——わたしにも、ちょうど、おまえと同《おな》じ年頃《としごろ》の娘《むすめ》がいるんだ。

宿屋《やどや》の暖炉《だんろ》の脇《わき》に立《た》てかけてある、その人《ひと》の短槍《たんそう》の柄《え》は、黒光《くろびか》りしていた。留《と》め具《ぐ》には、上品《じょうひん》な飾《かざ》り彫《ぼ》りがほどこされている。一般《いっぱん》の武人《ぶじん》が持《も》てるような槍《やり》ではなかった。

この人《ひと》は、わたしがだれだか、まだ気《き》づいていないのだ、と、バルサは思《おも》った。ジグロに似《に》た雰囲気《ふんいき》をもっている、この武人《ぶじん》はたぶん、わたしたちを追《お》ってきた〈王《おう》の槍《やり》〉だ。

この人《ひと》の時《とき》は、あとすこしで終《お》わってしまう。

働《はたら》き口《ぐち》を探《さが》しにいっているジグロがこの宿屋《やどや》にもどってきたら、ふたりは闘《たたか》って、ジグロは傷《きず》つき、この人《ひと》は……死《し》ぬだろう。――この人《ひと》はもう、娘《むすめ》には会《あ》えないのだ。

バルサは、頭《あたま》をなでてくれている大《おお》きな手《て》の下《した》から逃《に》げだして、戸口《とぐち》にむかって駆《か》けだした。この人《ひと》と、ジグロを会《あ》わせたくなかった。ふたりを闘《たたか》わせたくなかった。

だが、戸口《とぐち》ははるかに遠《とお》く、目《め》の前《まえ》には、血刀《ちがたな》を持《も》った男《おとこ》たちがたくさんいた。

ああ……わたしが殺《ころ》してしまった男《おとこ》たちだ……と、バルサは思《おも》った。まとわりつき、ねばりつき、戸口《とぐち》に行《い》かせてくれない亡者《もうじゃ》たち。右《みぎ》の腿《もも》に激痛《げきつう》が走《はし》り、足《あし》もとは、いつのまにか、ガレ場《ば》に変《か》わっていた。

身動《みうご》きができない。刃《やいば》が迫《せま》ってくる。はらわたがちぢみあがるような恐怖《きょうふ》が、全身《ぜんしん》をつらぬく……。

バルサは顔《かお》をゆがめた。

起《お》きる時刻《じこく》には、まだずいぶん間《ま》があったが、もう眠《ねむ》る気《き》にはなれなかった。バルサは、そっと身《み》を起《お》こし、寝台《しんだい》の端《はし》にかけてある衣《ころも》をまとうと、壁《かべ》に立《た》てかけた短槍《たんそう》を持《も》って、屋根裏部屋《やねうらべや》を出《で》た。

井戸《いど》のある裏庭《うらにわ》に出《で》ると、すんっと冷《つめ》たい大気《たいき》が身《み》をつつんだ。空《そら》の底《そこ》は黄色《きいろ》みをおびているが、天空《てんくう》にはまだ星《ほし》が光《ひか》って見《み》えていた。

バルサは手足《てあし》をゆるやかに動《うご》かして、息《いき》をととのえた。そして、頭上《ずじょう》に槍《やり》を構《かま》えるや、無言《むごん》の気合《きあい》を発《はっ》しながら、ふりおろした。

冷《つめ》たい大気《たいき》を裂《さ》くように、激《はげ》しく短槍《たんそう》をふるううちに、全身《ぜんしん》から、靄《もや》のような湯気《ゆげ》が立《た》ちのぼりはじめた。悪夢《あくむ》の記憶《きおく》も、心《こころ》の底《そこ》によどんでいるものも、すべてを吐《は》きだし、清《きよ》めようとするように、バルサはひたすらに短槍《たんそう》をふるった。

天《てん》から星《ほし》の光《ひかり》が消《き》える頃《ころ》、バルサは手《て》を止《と》め、ゆっくりと短槍《たんそう》を井戸《いど》ばたに置《お》いた。なるべく音《おと》をさせぬよう釣瓶《つるべ》をたぐって水《みず》を汲《く》むと、襟《えり》の紐《ひも》を解《と》いて、衣《ころも》を脱《ぬ》ぎすてた。そして、一気《いっき》に水《みず》をかぶった。

ほてった身体《からだ》を冷《つめ》たい井戸水《いどみず》が打《う》ち、心地《ここち》よかった。上衣《うわぎ》をまるめて、ざっと身体《からだ》をふくと、その上衣《うわぎ》をひろげてパンッと宙《ちゅう》を打《う》ち、水《みず》をはらって、そのまま、まとった。

天《てん》の高《たか》いところを、カーオ、カーオ、と、鳴《な》きかわしながら、鳥《とり》の群《む》れが渡《わた》っていく。

それを見《み》あげたとき、胸《むね》の底《そこ》から、流《なが》れて行《ゆ》きたい……という思《おも》いが湧《わ》きあがってきた。

風《かぜ》に吹《ふ》かれながら、歩《ある》いていきたい。草《くさ》のなびく広大《こうだい》な野《の》を、雪《ゆき》をいただく山脈《やまなみ》のふもとを、ひたすらに歩《ある》いていきたかった。

ひとつ所《ところ》にとどまっていると、忘《わす》れようとしてきた思《おも》い出《で》が追《お》いついてくる。

（……ジグロに。）

会《あ》いにいこうか。もう足《あし》は治《なお》ったから隊商《たいしょう》の護衛《ごえい》をしようよ、そのほうが稼《かせ》げる、と、言《い》いにいこうか。

これまでは、こんな気持《きも》ちになると、いつもそうしてきたのだけれど、バルサは、その気持《きも》ちを押《お》しころした。

この街《まち》にはジグロと仲《なか》のよい書物商《しょもつしょう》がいる。

いま雇《やと》われているあのトイ酒場《さかば》も、もめごとの少《すく》ない、よい酒場《さかば》だ。冬《ふゆ》を越《こ》すのに、この街《まち》ほどよいところは、そうはない。

せっかくひとつ所《ところ》にとどまっていられるのだ。ジグロを、自分《じぶん》のわがままにつきあわせることはない。

バルサは短槍《たんそう》を持《も》つと、しずかに店《みせ》にもどっていった。

店《みせ》での暮《く》らしにもなじみ、半月《はんつき》が過《す》ぎた頃《ころ》、街《まち》におとずれる商人《しょうにん》たちの数《かず》が一気《いっき》にふえた。

夏《なつ》にむかうこの季節《きせつ》、北部《ほくぶ》の森林地帯《しんりんちたい》では、タイカという花《はな》が実《み》をつけはじめる。この実《み》には滋養強壮《じようきょうそう》の効果《こうか》があるとされるが、森林《しんりん》の奥深《おくふか》くに咲《さ》く花《はな》なので、だれもが採集《さいしゅう》できるというわけではない。タイカ採《と》りたちは、自分《じぶん》たちだけの秘密《ひみつ》の場所《ばしょ》からタイカを採《と》ってくる。そして、南部《なんぶ》からやってくる商人《しょうにん》たちと高値《たかね》で取引《とりひ》きするのだ。

このタイカ採《と》りとの交渉《こうしょう》のために、この時期《じき》、南部《なんぶ》の薬草商人《やくそうしょうにん》たちが北《きた》へとむかう旅《たび》をはじめ、この街《まち》でしばしの休息《きゅうそく》をとるのだった。

バルサが働《はたら》いている店《みせ》にも多《おお》くの客《きゃく》がおとずれ、いつもにまして忙《いそが》しくなった。

いくどかケンカ騒《さわ》ぎも起《お》きたが、どの騒《さわ》ぎもたいして大《おお》きなものではなくて、店主《てんしゅ》が雇《やと》っている用心棒《ようじんぼう》がおさめてしまい、バルサが出《で》る幕《まく》はなかった。

この店《みせ》の店主《てんしゅ》は意外《いがい》に気《き》がいい男《おとこ》で、店《みせ》が繁盛《はんじょう》しているのを見《み》ると、すこぶる機嫌《きげん》がよくなり、雇《やと》われている者《もの》たちに、ご祝儀《しゅうぎ》を出《だ》してくれる。仲間《なかま》の娘《むすめ》たちは、その金《かね》で飾《かざ》り物《もの》を買《か》ったりしていたが、バルサは、もらった金《かね》はすべて帯《おび》に縫《ぬ》いこんでいた。

荷物《にもつ》を持《も》たずに、身《み》ひとつで動《うご》かねばならない経験《けいけん》を嫌《いや》というほどしてきたので、ほかの娘《むすめ》たちがやっているように、俸給《ほうきゅう》を自分《じぶん》の荷《に》の中《なか》にしまう気《き》になれないのだ。

その夜《よる》も店《みせ》は大入《おおい》り満員《まんいん》で、下働《したばたら》きの娘《むすめ》たちは、今夜《こんや》もきっとご祝儀《しゅうぎ》が出《で》るよ、と、ささやきあった。

「ね、客《きゃく》の入《い》りは、どう？　今夜《こんや》は、どのくらい、くれるかな。」

お盆《ぼん》に料理《りょうり》の皿《さら》をのせて、厨房《ちゅうぼう》から出《で》ようとしたとき、皿洗《さらあら》いをしている娘《むすめ》にささやかれて、バルサは笑《わら》いながら、早口《はやくち》にささやきかえした。

「一昨日《おととい》の晩《ばん》より多《おお》いよ。ぜったい。」

皿洗《さらあら》いの娘《むすめ》たちが、きゃあきゃあ喜《よろこ》んでいる声《こえ》を背中《せなか》で聞《き》きながら、バルサは、うきうきしながら店《みせ》に出《で》た。

騒々《そうぞう》しく手《て》をあげて、注文《ちゅうもん》しようと呼《よ》びとめる客《きゃく》のあいだをぬい、揚《あ》げ物《もの》をたのんだ客《きゃく》の前《まえ》に料理《りょうり》の皿《さら》を置《お》いて、目《め》をあげたとき、斜《なな》めむこうの賭博卓《とばくたく》にすわっている客《きゃく》と目《め》が合《あ》った。

心《しん》ノ臓《ぞう》がひとつ、強《つよ》く打《う》ち、バルサは凍《こお》りついたように動《うご》きを止《と》めた。

客《きゃく》もまた、愕然《がくぜん》とした顔《かお》でバルサを見《み》ていた。

その男《おとこ》は、盗賊《とうぞく》が襲撃《しゅうげき》してきたとき、バルサたちを置《お》いて逃《に》げた護衛士《ごえいし》のひとりだった。

男《おとこ》の目《め》が、信《しん》じられぬものを見《み》るように自分《じぶん》を見《み》ている。その目《め》が、やがて、うろたえて揺《ゆ》れた。——それを見《み》たとたん、かっと頭《あたま》に血《ち》がのぼった。

店《みせ》の中《なか》で騒《さわ》ぎを起《お》こしてはいけない。そんなことをしたら二度《にど》とこの街《まち》で働《はたら》けなくなる。そう思《おも》ったが、頭《あたま》の中《なか》が煮《に》えたったようになって、どうしてもおさえきれなかった。

耳《みみ》の奥《おく》に血《ち》が流《なが》れる音《おと》が聞《き》こえる。

バルサは、食卓《しょくたく》のあいだをぬって男《おとこ》に近《ちか》づいた。バルサが来《く》るのを見《み》て、男《おとこ》は腰《こし》を浮《う》かしかけたが、いっしょに賭博卓《とばくたく》をかこんでいる男《おとこ》たちに、なにか問《と》いかけられると、こわばった顔《かお》で笑《わら》いながら、ふたたび腰《こし》をおろした。

バルサが脇《わき》に立《た》つと、男《おとこ》は頬《ほお》に笑《え》みをはりつけたまま、バルサを見《み》あげた。

男《おとこ》の仲間《なかま》たちが、いぶかしげな声《こえ》をあげた。

「知《し》りあいか？　……ずいぶん怖《こわ》い顔《かお》をしてるじゃねぇか。」

「ノラン、おまえ、なんかわるいことでもしたんじゃねぇか？」

仲間《なかま》たちの揶揄《やゆ》をふりはらうように、ノランは手《て》をふった。

「まえに、いっしょに旅《たび》したことがある娘《むすめ》だよ。隊商《たいしょう》の護衛士《ごえいし》の娘《むすめ》でよ。先《さき》にはじめてくれや。」

ノランは卓《たく》から立《た》ちあがり、顎《あご》をしゃくって、部屋《へや》の隅《すみ》にバルサを連《つ》れていった。

ひっくりかえしてあったきたない小卓《しょうたく》を自分《じぶん》で据《す》えなおし、椅子《いす》もひっぱってきて、どかっと腰《こし》をおろすと、バルサにもすわるようにうながしたが、バルサは首《くび》をふった。

「……おまえ、生《い》きてたんだな、びっくりしたぜ。」

あっさり言《い》われて、バルサは、うなるように答《こた》えた。

「生《い》きているとは、思《おも》ってもいなかったってわけだ。——あんたは、盗賊《とうぞく》の群《む》れのまん中《なか》に、わたしらを置《お》いて、スタコラ逃《に》げだしやがったんだからな。」

ノランの頬《ほお》が、こわばった。

「人聞《ひとぎ》きのわるいことを言《い》うんじゃねぇよ。おまえらは気《き》づかなかっただろうが、盗賊《とうぞく》は二手《ふたて》に分《わ》かれてたんだぜ。おれたちは、それに気《き》づいて、後《うし》ろから襲《おそ》ってこようとしていたやつらと闘《たたか》ってたんだよ。」

バルサは鼻《はな》で笑《わら》った。

「よく言《い》うよ。あんたは、わたしのすぐ前《まえ》にいたんじゃないか。盗賊《とうぞく》の分派《ぶんぱ》が後《うし》ろから襲《おそ》ってきていたって？　わたしの前《まえ》にいたやつが、どうやって、それに気《き》づけたんだい。」

ノランが口《くち》をあけかけて、またとじるのを見《み》ながら、バルサは言《い》った。

「……思《おも》いだしたよ。あんた、ずいぶん妙《みょう》な動《うご》きをしたよね、あのとき。地崩《じくず》れで落《お》ちていた、あの大《おお》きな岩《いわ》のそばまで来《き》たとき、わたしの脇《わき》──断崖《だんがい》のほうへ身《み》をよせたよね。盗賊《とうぞく》の射手《しゃしゅ》は、あの岩《いわ》の後《うし》ろに潜《ひそ》んでやがった。なんで、あんた、それを知《し》ってたんだい？」

ノランの目《め》に、ぽつっと凶悪《きょうあく》な光《ひかり》が浮《う》かんだ。

「言《い》いがかりは、そこまでにしときな、小娘《こむすめ》。……いいかげんにしねぇと、この場《ば》で、潰《つぶ》すぞ。」

それを聞《き》いたとたん、バルサは皿《さら》の脇《わき》にのせていた小刀《こがたな》を手《て》にとり、ノランが動《うご》く間《ま》もあたえず、その耳《みみ》もとに、ぴたっと刃先《はさき》をつけた。

「やってみな、と言《い》いたいところだけどさ、店《みせ》に迷惑《めいわく》をかけるわけにはいかないから、ここは見《み》のがしてやるよ。──だけど、外《そと》に出《で》たら背中《せなか》に気《き》をつけな。」

耳《みみ》もとに刃先《はさき》を突《つ》きつけられながら、ノランは、せせら笑《わら》った。ぎらぎらしたその目《め》には、なにか考《かんが》えているような色《いろ》が浮《う》かんでいた。

「……いっぱしの口《くち》をきくじゃねぇか。」

そう言《い》うや、その後《ご》は、バルサを無視《むし》して立《た》ちあがり、仲間《なかま》のほうに向《む》きなおった。

「わるかったな、待《ま》たせてよ。……もういいぜ、ゴイ（サイコロ）を振《ふ》れや。」

バルサは小刀《こがたな》を皿《さら》の上《うえ》に置《お》くと、すっとノランから離《はな》れた。

さいわい、周囲《しゅうい》の客《きゃく》は自分《じぶん》たちの賭事《かけごと》に夢中《むちゅう》で、いまの短《みじか》いやりとりには気《き》づいていなかったし、店《みせ》の用心棒《ようじんぼう》も厨房《ちゅうぼう》のほうに顔《かお》をむけていて、気《き》づいていないようだった。

煮《に》たった怒《いか》りを胸《むね》にかかえたまま、バルサは厨房《ちゅうぼう》のほうへ歩《ある》きはじめた。背《せ》に、ねばっこい視線《しせん》を感《かん》じたが、ふりかえりはしなかった。

＊

「おい。」

仕事《しごと》を終《お》えて、屋根裏部屋《やねうらべや》へ行《い》こうと階段《かいだん》をのぼりかけたとき、裏口《うらぐち》から声《こえ》がかかった。

すかし見《み》ると、うす暗《ぐら》い戸口《とぐち》で戸締《とじま》りをしていた用心棒《ようじんぼう》のヤンが手《て》をふっている。

「なんでしょう。」

おりていくと、二つに折《お》って乱雑《らんざつ》に封《ふう》をされている手紙《てがみ》を手渡《てわた》された。

「おまえにだってよ。」

ヤンさんの息《いき》は酒《さけ》くさかった。店《みせ》が閉《し》まったので、客《きゃく》が残《のこ》していった酒《さけ》を飲《の》んだのだろう。ジグロなら、決《けっ》してこういうことはしない、と思《おも》いながら、バルサは手紙《てがみ》を受《う》けとった。

「だれからです?」

「さあな。渡《わた》しにきたのは、トイ酒場《さかば》の使《つか》い走《ぱし》りだったぜ。」

うす暗《ぐら》い二階《かい》の廊下《ろうか》の奥《おく》の、小《ちい》さな燭台《しょくだい》の明《あ》かりの前《まえ》で、手紙《てがみ》の封《ふう》を開《ひら》いてみると、きたない字《じ》が目《め》にとびこんできた。


——ヤバイことが起《お》きた。これを読《よ》んだら、すぐ、タラスの船着場《ふなつきば》へ来《き》てくれ。

ジグロ

バルサは鼻《はな》を鳴《な》らした。

（へったくそな罠《わな》を仕掛《しか》けやがって……。）

内通《ないつう》をしていたことを悟《さと》られたノランが、あわてて仕掛《しか》けてきたのだろうが、それにしても稚拙《ちせつ》な罠《わな》だ。ジグロの筆跡《ひっせき》は、豪胆《ごうたん》で美《うつく》しい。こんな小《こ》ぎたない字《じ》は、決《けっ》して書《か》かないし、〈ヤバイことが起《お》きた〉などという文《ぶん》を書《か》くはずもない。

小娘《こむすめ》ひとり、口《くち》をふさぐのは造作《ぞうさ》もないことだとあなどっているのだろう――そう思《おも》ったとたん、胸《むね》の中《なか》で渦巻《うずま》いている荒《あ》れた気分《きぶん》が、凶暴《きょうぼう》な怒《いか》りにかわった。

バルサは手紙《てがみ》を、ぎゅっと握《にぎ》りつぶした。

屋根裏部屋《やねうらべや》の戸《と》をあけると、寝衣《ねまき》に着《き》がえている娘《むすめ》たちのざわめきにつつまれた。今夜《こんや》もご祝儀《しゅうぎ》が出《で》たので、声《こえ》がはずんでいる。彼女《かのじょ》らと目《め》が合《あ》う前《まえ》に、壁《かべ》に立《た》てかけてある短槍《たんそう》をつかんで、バルサは部屋《へや》を出《で》た。

三　十五の我《われ》

タラスはホゥラ河沿《がわぞ》いの船着場《ふなつきば》のひとつで、ジグロがいるトイ酒場《さかば》に近《ちか》い。ここから行《い》くなら、大通《おおどお》りをまっすぐ行《い》くのが早道《はやみち》だった。店《みせ》の前《まえ》の大通《おおどお》りは、夜明《よあ》けから深夜《しんや》まで人《ひと》が行《ゆ》きかっているが、酒場《さかば》も閉《し》まったこの時刻《じこく》になると、さすがに閑散《かんさん》としていた。

道《みち》の両脇《りょうわき》に、ぽつん、ぽつんと立《た》っている常夜灯《じょうやとう》の明《あ》かりが、うすぼんやりとした光《ひかり》を投《な》げかけている。その光《ひかり》に照《て》らされて、自分《じぶん》の影《かげ》が、前《まえ》になり後《うし》ろになりして、まとわりついてくる。

風《かぜ》が強《つよ》い晩《ばん》だった。

街路樹《がいろじゅ》の葉《は》ずれに、軒先《のきさき》の板《いた》がゆれる音《おと》がまじり、いったい何《なに》がたてているのか、ひゅうひゅうと笛《ふえ》が鳴《な》るような音《おと》も聞《き》こえてくる。

闇《やみ》の中《なか》に、高《たか》い塔《とう》のようなものが見《み》えてきた。人力《じんりき》では運《はこ》べない重《おも》い船荷《ふなに》を降《お》ろすために使《つか》う、巻上《まきあ》げ機《き》だ。昼間《ひるま》なら、馬《うま》がつながれて、ぐるぐるまわりながら縄《なわ》を巻《ま》きあげていく光景《こうけい》が見《み》られるが、いまは馬《うま》の姿《すがた》はなく、かすかに馬糞《ばふん》のにおいがただよっているだけだった。

その巻上《まきあ》げ機《き》の下《した》に、背《せ》の高《たか》い人影《ひとかげ》がたたずんでいた。

常夜灯《じょうやとう》の明《あ》かりがとどくところで、平然《へいぜん》と腕《うで》を組《く》んでいる。

バルサは男《おとこ》に歩《あゆ》みよりながら、あたりの気配《けはい》を探《さぐ》ろうとしたが、風《かぜ》の音《おと》が騒《さわ》がしく、船《ふね》の旗《はた》やら荷《に》にかけてある布《ぬの》やらがはためいて、物《もの》の影《かげ》が躍《おど》るので、うまく探《さぐ》ることができなかった。

荷車《にぐるま》や野積《のづ》みにしてある砂利《じゃり》など、人《ひと》が潜《ひそ》める物陰《ものかげ》は山《やま》ほどある。

ふいに、胸《むね》の底《そこ》に、ひんやりとしたものが触《ふ》れた気《き》がした。――ノランは、わざと下手《へた》な手紙《てがみ》を書《か》いたのだ。稚拙《ちせつ》な罠《わな》だとあなどれば、自分《じぶん》の腕《うで》を信《しん》じているバルサが、ひとりでとびこんでくることを、読《よ》んでいたのだ……。

常夜灯《じょうやとう》の明《あ》かりに浮《う》かびあがっている男《おとこ》の顔《かお》は、酒場《さかば》で見《み》せていた顔《かお》でも、隊商《たいしょう》の護《ご》衛士《えいし》をしていたときの顔《かお》でもなかった。腹《はら》の底《そこ》から腐《くさ》りきった、悪党《あくとう》の顔《かお》だった。

砂利《じゃり》の山《やま》の脇《わき》を通《とお》るとき、バルサは、すばやく、二つ小石《こいし》をひろって懐《ふところ》に入《い》れた。

近《ちか》づいていくと、ノランは顔《かお》いっぱいに笑《え》みを浮《う》かべた。

「おお、来《き》たか。……いい度胸《どきょう》だ。」

そのとたん、バルサは、背後《はいご》の闇《やみ》の中《なか》から人影《ひとかげ》がわきだして自分《じぶん》をかこむのを見《み》た。

背《せ》の高《たか》い巨漢《きょかん》は棍棒《こんぼう》を杖《つえ》のように立《た》てて、のっそりと立《た》っているだけだったが、彼《かれ》の脇《わき》に立《た》っている三人《にん》の男《おとこ》は、それぞれ大《おお》きな犬《いぬ》の引《ひ》き綱《づな》をひいていた。

バルサの顔《かお》から血《ち》の気《け》がひいた。

闘犬《とうけん》だ。巨大《きょだい》な闘犬《とうけん》が三頭《とう》、牙《きば》をむきだして唸《うな》っている。大柄《おおがら》な男《おとこ》たちが自分《じぶん》の背《せ》に太《ふと》い引《ひ》き綱《づな》をまわして、体重《たいじゅう》をかけて抑《おさ》えていたが、それでもじりじりと引《ひ》きずられるほどの力《ちから》だった。

「かわいそうになあ。明日《あす》の夜明《よあ》けに、この港《みなと》に来《く》る人足《にんそく》たちゃぁ、ぐちゃぐちゃに咬《か》み裂《さ》かれた小娘《こむすめ》の死体《したい》を見《み》るわけだ。……犬《いぬ》が相手《あいて》じゃ、ジグロも娘《むすめ》の復讐《ふくしゅう》のしようがねぇよな。」

ノランが、あざけるように言《い》ったが、バルサは応《こた》えなかった。ただ、ひたすらに、いまの状況《じょうきょう》で生《い》きのびるすべをめまぐるしく考《かんが》えていた。

闘犬《とうけん》は、武人《ぶじん》より恐《おそ》ろしい。三頭《とう》もの闘犬《とうけん》に、一時《いちどき》にとびかかられたら、決《けっ》して無傷《むきず》では倒《たお》せない。そのうえ、たとえ闘犬《とうけん》を倒《たお》せても、五人《にん》もの男《おとこ》が残《のこ》っているのだ。

「……おい、ノラン。」

背後《はいご》から声《こえ》がかかった。棍棒《こんぼう》を持《も》って立《た》っている巨漢《きょかん》だった。

「犬《いぬ》を連《つ》れてきてほしいってぇから、どんな武人《ぶじん》が来《く》るのかと思《おも》えば、小娘《こむすめ》ひとりかよ。」

酒《さけ》でつぶれた聞《き》きづらい声《こえ》でそう言《い》うと、巨漢《きょかん》は喉《のど》の奥《おく》で笑《わら》った。

「犬《いぬ》にやるにゃ、もったいねぇじゃねぇか。え？」

ノランが、真顔《まがお》になって首《くび》をふった。

「いや、小頭《こがしら》、あまく見《み》ないでくれ。この小娘《こむすめ》、見《み》た目《め》に似合《にあ》わぬ短槍《たんそう》をつか……、」

ノランの言葉《ことば》が終《お》わらぬ間《ま》に、バルサは背後《はいご》に跳《と》んでいた。まだ引《ひ》き綱《づな》につながれたままの闘犬《とうけん》の一頭《とう》にとびかかるや、一撃《いちげき》でその首《くび》の脇《わき》を突《つ》き刺《さ》し、そのまま槍《やり》を突《つ》きだして、引《ひ》き綱《づな》をひいている男《おとこ》の脇腹《わきばら》に突《つ》き刺《さ》した。

うめき声《ごえ》があがる頃《ころ》には、バルサは犬《いぬ》ごと男《おとこ》の身体《からだ》を蹴《け》って槍《やり》を抜《ぬ》こうとしていた。

「このアマ！」

ブンッと風《かぜ》を切《き》る音《おと》がした。巨漢《きょかん》が、思《おも》いがけぬ素早《すばや》さで、太《ふと》い棍棒《こんぼう》を下《した》からすり上《あ》げるようにふるったのだ。

身体《からだ》に刺《さ》さってひっかかっていた槍《やり》が抜《ぬ》けたとき、わずかに重心《じゅうしん》がくずれた。その隙《すき》をついて迫《せま》ってきた棍棒《こんぼう》を、バルサは避《よ》けきることができなかった。

棍棒《こんぼう》は脇腹《わきばら》をかすっただけだったが、それでも身体《からだ》の芯《しん》にひびくほどの衝撃《しょうげき》がきた。その場《ば》で身《み》をまるめて、くずれおちたくなる無力感《むりょくかん》を必死《ひっし》でこらえ、バルサは咳《せ》きこみながら、よろよろと後《うし》ろにさがり、片膝《かたひざ》をついた。

男《おとこ》の棍棒《こんぼう》が迫《せま》ってくる。バルサは目《め》を見《み》ひらいたまま、その動線《どうせん》を見切《みき》り、わずかに身《み》をひねっただけで避《よ》けると、短《みじか》く握《にぎ》った短槍《たんそう》の石突《いしづき》で、棍棒《こんぼう》を握《にぎ》っている男《おとこ》の拳《こぶし》を打《う》った。

咆《ほ》えるような声《こえ》をあげて、男《おとこ》が棍棒《こんぼう》をとりおとした。

その隙《すき》にすべてを賭《か》けて、バルサは全身《ぜんしん》の力《ちから》をふるえる足《あし》にこめて立《た》ちあがると、男《おとこ》の脇《わき》を駆《か》けぬけた。

犬《いぬ》を放《はな》せ！　という声《こえ》が聞《き》こえ、すぐに、カシカシと爪《つめ》が地面《じめん》を掻《か》く足音《あしおと》が聞《き》こえてきた。バルサはふりかえらなかった。ただ、まっすぐに巻上《まきあ》げ機《き》に駆《か》けよると、その櫓《やぐら》の桟《さん》をつかみ、よじのぼりはじめた。

短槍《たんそう》を左手《ひだりて》で持《も》ち、右手《みぎて》一本《ぽん》でのぼるのは、思《おも》った以上《いじょう》にきつかった。棍棒《こんぼう》で脇腹《わきばら》を打《う》たれたときに、肋骨《ろっこつ》にひびがはいったか、折《お》れたかしたのだろう。動《うご》くたびに激痛《げきつう》が走《はし》る。

だが、止《と》まるわけにはいかなかった。犬《いぬ》たちが、吠《ほ》えながら跳《は》ねあがって、バルサの足《あし》にとびつき、ひきずりおろそうとした。足首《あしくび》になまあたたかい息《いき》を感《かん》じたが、間一髪《かんいっぱつ》で、バルサは、犬《いぬ》の牙《きば》からのがれた。

短槍《たんそう》を桟《さん》にひっかけて身体《からだ》を安定《あんてい》させたとき、下《した》からノランの声《こえ》が聞《き》こえてきた。

「……そいつぁ、いい手《て》だ！　よく考《かんが》えたもんだ！　ひと晩《ばん》じゅう、そうやって蟬《せみ》みてぇに、そこにくっついているか？」

そうあざけってから、ノランは、背後《はいご》につっ立《た》っている男《おとこ》たちをふりかえってどなった。

「おい、おまえら、すこしは頭《あたま》を使《つか》えや！　その砂利《じゃり》の山《やま》から小石《こいし》をとって、あいつに投《な》げろ！」

男《おとこ》たちが砂利《じゃり》の山《やま》に走《はし》りよっていくのを見《み》ながら、バルサは息《いき》をととのえて、どなった。

「ノラン！」

ノランが、こちらをふりあおいだ。

バルサは懐《ふところ》から小石《こいし》をとりだすと、ノランの顔《かお》めがけて投《な》げつけた。

礫打《つぶてう》ちの鍛練《たんれん》をつんだバルサが投《な》げた小石《こいし》は、あやまたずノランの眉間《みけん》を打《う》った。ノランは白目《しろめ》をむいて、背後《はいご》に倒《たお》れた。

それを見《み》とどけると、バルサは巻上《まきあ》げ機《き》の縄《なわ》を右手《みぎて》でぎゅっとつかみ、桟《さん》を蹴《け》って宙《ちゅう》に跳《は》ねとんだ。重《おも》い荷《に》を吊《つ》りさげるための縄《なわ》は、みごとにバルサの体重《たいじゅう》をささえ、振《ふ》り子《こ》のようにその身体《からだ》を河《かわ》の上《うえ》まで運《はこ》んでいった。

もやってある河船《かわぶね》をわずかに越《こ》えて、河面《かわも》の上《うえ》まできた瞬間《しゅんかん》、バルサは手《て》をはなし、河《かわ》へと飛《と》びこんだ。

わずかに、見切《みき》りがあまかった。

船端《ふなばた》に左肩《ひだりかた》がこすれて、焼《や》けるような痛《いた》みが走《はし》った。それから全身《ぜんしん》を殴《なぐ》られるような激《はげ》しい衝撃《しょうげき》がきて、冷《つめ》たい水《みず》にのみこまれた。身体《からだ》はいったん河底《かわぞこ》まで沈《しず》み、爪先《つまさき》が底《そこ》の砂利《じゃり》をかすった。そして、ゆっくり浮《う》きあがっていった。

水《みず》にたたきつけられた衝撃《しょうげき》と、水《みず》の冷《つめ》たさとで、気《き》が遠《とお》くなりかけていた。バルサは必死《ひっし》でもがき、左手《ひだりて》に触《ふ》れた何《なに》かをつかんだ。船端《ふなばた》に防舷材《ぼうげんざい》をくりつけている綱《つな》だった。上《うえ》からは、ゆったりと流《なが》れているように見《み》えるホゥラ河《がわ》だが、こうして漬《つ》かっていると水流《すいりゅう》は速《はや》く、必死《ひっし》で綱《つな》につかまっていても、いまにも押《お》し流《なが》されてしまいそうだった。手《て》をはなしたら最後《さいご》、おぼれて死《し》ぬ。だが、春《はる》とはいえ、水《みず》は身《み》を切《き》るように冷《つめ》たくて、手《て》の感覚《かんかく》がなくなりつつあった。手《て》に力《ちから》が残《のこ》っているうちに、船《ふね》によじのぼらねばならない。

バルサは右手《みぎて》に持《も》っている短槍《たんそう》を防舷材《ぼうげんざい》に差《さ》しこみ、両腕《りょううで》の力《ちから》だけでぐうっと身体《からだ》を持《も》ちあげた。

左《ひだり》の脇腹《わきばら》に激痛《げきつう》が走《はし》って、びくんっと腕《うで》がふるえ、力《ちから》が抜《ぬ》けそうになったが、とっさに歯《は》で防舷材《ぼうげんざい》の留《と》め綱《づな》を噛《か》んで身体《からだ》が落《お》ちるのをおさえ、左手《ひだりて》で船端《ふなばた》をつかんだ。防舷材《ぼうげんざい》に足《あし》をのせると、ようやく身体《からだ》が安定《あんてい》して、すこし楽《らく》になった。

男《おとこ》たちはまだ近《ちか》くにいるだろう。船《ふね》にのぼれば姿《すがた》が見《み》える。きつくても、このまま待《ま》たねばならなかった。

暗《くら》い河面《かわも》を、川風《かわかぜ》に乗《の》って、切《き》れぎれに男《おとこ》たちの声《こえ》が渡《わた》ってきた。

「……ねぇ小娘《こむすめ》だ。——ああいうのを……に入《い》れられたら、ノランなんぞより、役《やく》に……。」

巨漢《きょかん》の低《ひく》く笑《わら》う声《こえ》が、聞《き》こえてきた。

「おめぇは、まだまだだな。ノランが役《やく》にたったのは、はなから根《ね》っこが腐《くさ》ってたからだよ。ああいう小娘《こむすめ》は、腐《くさ》らすのに手間《てま》がかかる。この状況《じょうきょう》で折《お》れねぇ小娘《こむすめ》なんぞ、めんどうくさくて、使《つか》えるか。……おい、ノランが生《い》きてるかどうか、見《み》てみろや。生《い》きていたら、担《かつ》いでいってやれ。死《し》んでたら、そのまま、うっちゃっとけ。」

男《おとこ》たちの声《こえ》と犬《いぬ》の吠《ほ》え声《ごえ》が遠《とお》ざかり、聞《き》こえなくなっても、バルサはそのままの体勢《たいせい》で、じっとしていた。

そのうちに、手《て》のふるえがひどくなってきた。これ以上《いじょう》はもたない。バルサは、じりじりと足《あし》に力《ちから》を入《い》れて背《せ》をのばすと、船端《ふなばた》に半身《はんしん》を突《つ》きだして、甲板《かんぱん》にころがり落《お》ちた。

船乗《ふなの》りたちはみな陸《おか》にあがっているのだろう、留守番《るすばん》もおらず、人《ひと》の気配《けはい》はなかった。犬《いぬ》の吠《ほ》え声《ごえ》も聞《き》こえない。綱《つな》が風《かぜ》にあおられて帆柱《ほばしら》にあたる音《おと》が響《ひび》いていた。

甲板《かんぱん》に倒《たお》れたまま、バルサはしばらく身動《みうご》きできずに、ただ、せわしなく息《いき》をしていた。息《いき》をするたびに脇腹《わきばら》に刺《さ》されたような痛《いた》みが走《はし》る。びしょぬれで、寒《さむ》くてたまらなかった。

ぎゅっと腕《うで》をまわして自分《じぶん》の身体《からだ》を抱《だ》き、足《あし》をちぢめて、バルサはふるえていた。

このまま、ここにいたら凍《こご》え死《し》ぬ。起《お》きあがって、動《うご》かねば……。

芋虫《いもむし》のようにもがいて、船端《ふなばた》に背《せ》をつけて半身《はんしん》を起《お》こしたとき、ふいに、星空《ほしぞら》が目《め》にとびこんできた。氷《こおり》のかけらを満天《まんてん》に散《ち》らしたような、怖《こわ》いほどに冴《さ》えた星空《ほしぞら》だった。

——風《かぜ》が天《てん》を洗《あら》っていったんだ……。

耳《みみ》の奥《おく》に、むかし聞《き》いた幼《おさな》なじみの言葉《ことば》がよみがえってきた。

そのとたん、涙《なみだ》があふれた。

冷《ひ》えきった頬《ほお》に、あとからあとから熱《あつ》い涙《なみだ》が伝《つた》った。

腐《くさ》った下《げ》種《す》たちとどなりあい、犬《いぬ》や人《ひと》を突《つ》き刺《さ》し、殴《なぐ》られ、びしょぬれのドブネズミみたいになってふるえている自分《じぶん》のくだらなさが胸《むね》にせまってきて、涙《なみだ》が止《と》まらなかった。

＊

なかば気《き》をうしないかけた状態《じょうたい》で歩《ある》いていたのだろう。ジグロが住《す》みこんでいるトイ酒場《さかば》まで、どうやってたどりついたのか、おぼえていなかった。

まっ暗《くら》な建物《たてもの》の中《なか》で、ひとつだけ明《あ》かりが灯《とも》っている窓《まど》があった。二階《かい》の端《はし》の、ジグロに割《わ》りあてられている部屋《へや》だ。

用心棒《ようじんぼう》として住《す》みこんでいるとき、ジグロは、店員《てんいん》のだれかが起《お》きて働《はたら》きはじめるまで、眠《ねむ》らない。幼《おさな》い頃《ころ》、バルサはふしぎに思《おも》って、なんで寝《ね》ないのか、たずねたことがある。もうみんな寝《ね》てしまって、ケンカ騒《さわ》ぎを起《お》こす人《ひと》もいないのに、と言《い》うと、ジグロは笑《わら》って、泥棒《どろぼう》や夜盗《やとう》から店《みせ》を守《まも》るのも用心棒《ようじんぼう》の仕事《しごと》だからな、と、答《こた》えたものだ。ジグロは仕事《しごと》についている日《ひ》は、たとえ眠《ねむ》る前《まえ》でも酒《さけ》は飲《の》まなかった。武術《ぶじゅつ》の腕《うで》だけでなく、そういう働《はたら》き方《かた》が、どこの店《みせ》でも雇《やと》い主《ぬし》に高《たか》く信頼《しんらい》されたのだろう。店《みせ》を去《さ》るときには、かならず高評《こうひょう》の評価状《ひょうかじょう》をもらえた。――ジグロは、そうやって一流《いちりゅう》の用心棒《ようじんぼう》としての定評《ていひょう》を得《え》てきたのだった。

寒《さむ》さにふるえながら、明《あ》かりのついた窓《まど》を見《み》あげ、バルサはじっと立《た》っていた。

そして、ようやく心《こころ》を決《き》めて口《くち》をひらくと、かぼそい声《こえ》で、ジグロを呼《よ》んだ。

ややあって、窓《まど》が開《ひら》き、ジグロが顔《かお》を出《だ》した。

「おう、どうした。」

明《あ》かりを背負《せお》っているので、どんな表情《ひょうじょう》をしているのか見《み》えなかったが、ジグロの声《こえ》は、ごく平静《へいせい》で、ずぶぬれで立《た》っている娘《むすめ》を見《み》ておどろいているという感《かん》じではなかった。

「……ジグロ、わたし、馬鹿《ばか》をやっちまった……。」

バルサは、ジグロを見《み》あげて、細《ほそ》い声《こえ》で言《い》った。

「店《みせ》に、ノランが来《き》てさ……あいつが、わたしらを盗賊《とうぞく》に売《う》ったんだって、わかったから、ゆるせなくて……。」

バルサは歯《は》をカチカチ鳴《な》らしながら、今夜《こんや》の顚末《てんまつ》を語《かた》った。うかうかと罠《わな》にはまってしまったこと。ノランは、この街《まち》のゴロツキたちとつるんでいたこと。自分《じぶん》が生《い》きているとわかれば、あのゴロツキたちは放《ほう》ってはおかないだろうこと。

そこまで話《はな》しおえると、バルサは頭《あたま》をさげた。

「……だから、この街《まち》を、出《で》ます。しばらく会《あ》えないけど、心配《しんぱい》しないで、ください。」

ジグロはなにも言《い》わなかった。バルサは頭《あたま》をさげたまま、じっと立《た》っていた。

ややあって、ジグロの声《こえ》が降《ふ》ってきた。

「馬鹿《ばか》か、おまえは。――裏口《うらぐち》を開《あ》けてやるから、しずかに入《はい》ってこい。」

ジグロの影《かげ》が内側《うちがわ》にひっこみ、窓《まど》がしまる音《おと》がした。

ジグロの姿《すがた》が消《き》えるや、バルサは、こわばっている身体《からだ》を必死《ひっし》に動《うご》かして、トイ酒場《さかば》に背《せ》をむけて、よろよろと走《はし》りだした。

冗談《じょうだん》ではない。事情《じじょう》を話《はな》しにきただけで、助《たす》けてほしくて来《き》たわけではないのだ。

自分《じぶん》では、かなりの速《はや》さで走《はし》ったつもりだったが、裏木戸《うらきど》にたどりつく前《まえ》に背後《はいご》から襟《えり》首《くび》をつかまれてしまった。

もがこうとしたとたん、後《うし》ろ頭《あたま》を一発《いっぱつ》はたかれた。ジーン……と、頭全体《あたまぜんたい》がしびれるほどの一発《いっぱつ》で、めまいがして、がくんっと膝《ひざ》の力《ちから》が抜《ぬ》けた。――そして、なにもわからなくなった。

気《き》がつくと、毛布《もうふ》でくるまれて、暖炉《だんろ》の前《まえ》に寝《ね》かされていた。暖炉《だんろ》に面《めん》している毛布《もうふ》から、うっすらと湯気《ゆげ》がたっている。バルサは、左脇腹《ひだりわきばら》に手《て》をあてながら、そろそろと身《み》を起《お》こした。

ジグロはおらず、パチパチと炉《ろ》の薪《まき》がはぜる音《おと》だけが響《ひび》いている。風《かぜ》が強《つよ》いせいで、ときおり暖炉《だんろ》から風《かぜ》が吹《ふ》きおろしてきて、ふわっと火《ひ》がゆれた。そのたびに、狭《せま》い部屋《へや》に物《もの》の影《かげ》が躍《おど》る。

暖炉《だんろ》の前《まえ》に置《お》かれた椅子《いす》の上《うえ》には、本《ほん》が一冊《さつ》、伏《ふ》せられた形《かたち》でのっていた。その脇《わき》の小卓《しょうたく》には、小刀《こがたな》とクルミがのっている。

ぼんやりと、そのクルミを見《み》ていると、階段《かいだん》をのぼってくる足音《あしおと》が聞《き》こえて、ジグロが部屋《へや》にはいってきた。手《て》に茶碗《ちゃわん》を二つ持《も》っている。かすかに湯気《ゆげ》がたっていた。手渡《てわた》された茶碗《ちゃわん》を両手《りょうて》でつつんで、バルサは、じっと茶碗《ちゃわん》の中身《なかみ》を見《み》ていた。

ジグロがお茶《ちゃ》をすすりながら口《くち》をひらいた。

「……フラハンは隊商《たいしょう》の護衛士《ごえいし》がよく寄《よ》る酒場《さかば》だから、ちょっと気《き》になってはいたんだが、広《ひろ》いロタ、ほかに街《まち》も酒場《さかば》もたくさんあるのに、ノランがあの店《みせ》にやってくるとはな。あいつにとっても、おまえにとっても、まずい羽目《はめ》になったもんだ。」

うすく笑《わら》って、ジグロは茶碗《ちゃわん》を小卓《しょうたく》の上《うえ》に置《お》いた。

「ノランのようなやつは一回《かい》こっきりの内通者《ないつうしゃ》じゃない。十日《とおか》以上《いじょう》も旅《たび》をしていて、裏《うら》切《ぎ》りの気配《けはい》を感《かん》じさせなかったし、逃《に》げ方《かた》も、ためらいがなくて、あざやかだったからな。あいつは盗賊《とうぞく》やゴロツキたちにつながって、うまい汁《しる》を吸《す》い、ゴロツキたちにも重《ちょう》宝《ほう》されて、長《なが》いこと、ああいう仕事《しごと》をやってきたんだろう。」

うつむいたまま、顔《かお》をあげないバルサを見《み》ながら、ジグロは言《い》った。

「ともかく、ほとぼりがさめるまで、この街《まち》から離《はな》れたほうがよかろうな。間《ま》がいいことに、今日《きょう》の昼過《ひるす》ぎに口入《くちい》れ屋《や》の親父《おやじ》が店《みせ》に来《き》て、北部《ほくぶ》にむかう隊商《たいしょう》が、北部《ほくぶ》に精通《せいつう》した護衛士《ごえいし》を探《さが》しているんだが、行《い》ってくれないかとたのまれた。即座《そくざ》にことわるには条件《じょうけん》がよすぎたんで、朝《あさ》まで考《かんが》えさせてくれと言《い》っておいたんだが、運《うん》がよかったな。」

バルサは、ぎゅっと顔《かお》をゆがめた。

しばらく、息《いき》をととのえていたが、やがて、顔《かお》をあげてジグロを見《み》た。

「……やめてよ。」

まっすぐにジグロを見《み》つめて、バルサは言《い》った。

「わたしは馬鹿《ばか》だけど、自分《じぶん》の身《み》の始末《しまつ》くらい、自分《じぶん》でつけさせてよ。」

冷静《れいせい》に言《い》おうと思《おも》っているのに、唇《くちびる》がふるえ、涙《なみだ》がにじんできた。

ジグロは、じっとバルサを見《み》ながら、口《くち》をひらいた。

「なるほど。――それで、おまえはどう始末《しまつ》をつけるつもりだ。」

「……なんとでも、なるよ。どっかの街《まち》まで行《い》けるくらいの金《かね》はあるし、どっかの街《まち》に着《つ》いたら、そこの酒場《さかば》にでも雇《やと》ってもらえばいい。」

「評価状《ひょうかじょう》なしでか。」

バルサは、つまった。

いま雇《やと》われているフラハンから、こんなかたちで離《はな》れたら、もちろん店主《てんしゅ》の評価状《ひょうかじょう》はもらえない。きちんとした店《みせ》は、評価状《ひょうかじょう》のない流《なが》れ者《もの》は雇《やと》わないから、住《す》みこめる店《みせ》を見《み》つけるのはむずかしいだろう。

「評価状《ひょうかじょう》のない流《なが》れ者《もの》の娘《むすめ》を雇《やと》うのは……。」

バルサは、その言葉《ことば》をさえぎった。

「わかってるよ！　どんな暮《く》らしだって、なんとかする……。」

言《い》いおえる前《まえ》に、涙《なみだ》があふれた。むちゃくちゃにぬぐったが、あとからあとからあふれて、止《と》まらなかった。

ふいに、大《おお》きな手《て》がのびてきて、頭《あたま》をおしつつんだ。

ジグロが両手《りょうて》でバルサの頭《あたま》をつかんだのだ。大《おお》きくて温《あたた》かい手《て》につつまれて、バルサは、ぎゅっと目《め》をつぶった。

ジグロはそっとバルサの頭《あたま》をゆすりながら、低《ひく》い声《こえ》でつぶやいた。

「……十五の我《われ》には　見《み》えざりし、弓《ゆみ》のゆがみと　矢《や》のゆがみ、二十《はたち》の我《われ》の　この目《め》には、なんなく見《み》える　ふしぎさよ……」

うたうようにつぶやく声《こえ》が、耳《みみ》にこもって聞《き》こえた。

「歯嚙《はが》みし、迷《まよ》い、うちふるえ、暗《くら》い夜道《よみち》を歩《ある》きおる、あの日《ひ》の我《われ》に会《あ》えるなら、五年《ねん》の月日《つきひ》のふしぎさを　十五の我《われ》に　語《かた》りたや……」

ジグロの手《て》が、ゆっくりとはなれても、バルサは目《め》をあけることができずにいた。

「……なんの詩《し》……？」

つぶやくと、ジグロが、喉《のど》の奥《おく》で笑《わら》った。

「おまえが眠《ねむ》くなるといった、ロルアの詩《し》だよ。ロルアは、弓作《ゆみづく》りの名工《めいこう》でもあったからな。」

バルサは、そっと目《め》をあけた。

ジグロは微笑《びしょう》を浮《う》かべて、バルサを見《み》ていた。

「そんな、借金《しゃっきん》しているような顔《かお》で、おれを見《み》るな。」

ジグロは小卓《しょうたく》の上《うえ》からクルミをとると、半《はん》かけをバルサの手《て》に置《お》いた。

バルサはクルミを見《み》た。クルミを持《も》っているてのひらに、ぽたぽたと涙《なみだ》が落《お》ちた。

涙《なみだ》にかすんで、よく見《み》えていない実《み》を、指《ゆび》でほじって殻《から》からとりだそうとしたとき、肋骨《ろっこつ》に痛《いた》みが走《はし》って、バルサは顔《かお》をしかめた。

しばらくは、なにをしても、こんなふうに痛《いた》みが走《はし》るだろう。肋骨《ろっこつ》など何度《なんど》も折《お》っている。慣《な》れた痛《いた》みではあったけれど、だからといって楽《らく》になるわけではなかった。

バルサの表情《ひょうじょう》を見《み》て、ジグロが言《い》った。

「左《ひだり》の肋骨《ろっこつ》か。」

うなずくと、ジグロはため息《いき》をついた。

「おまえは、あいかわらず左《ひだり》からの攻《せ》めに弱《よわ》いな。」

ジグロは、もう一個《こ》クルミを手《て》にとると、小刀《こがたな》の刃《は》をすっとクルミの割《わ》れ目《め》に突《つ》き刺《さ》し、あっというまに二つに割《わ》った。

「さっきの話《はなし》だがな、隊商《たいしょう》はジタンまで行《い》くと言《い》っていたが、おれたちは、トルアンまでの契約《けいやく》にしよう。」

バルサは、まばたきをして、顔《かお》をあげた。

「……なんで？」

「今年《ことし》の夏《なつ》は、新《しん》ヨゴで過《す》ごそう。おまえの左脇《ひだりわき》のあまさは、そのままにしとくと命取《いのちと》りだ。トロガイの家《いえ》に寄《よ》せてもらって、鍛《きた》えなおしてやろう。」

トロガイの家《いえ》、と聞《き》いたとたん、美《うつく》しい緑《みどり》の山《やま》と、暖《あたた》かい炉《ろ》ばたが心《こころ》に浮《う》かんできた。

「おまえに会《あ》えれば、タンダも喜《よろこ》ぶだろう。」

そう言《い》って、ジグロはほほえんだ。

飛《と》んでいく鷹《たか》

窓《まど》が、わずかに明《あか》るみをおびはじめている。

そのぼんやりとした青《あお》を見《み》ながら、バルサは、胸《むね》に思《おも》いがあふれてくるにまかせていた。

(ジグロ……。)

あなたに救《すく》われ、あなたに育《そだ》てられたのは、なんと幸《しあわ》せなことだったか。

もはや遠《とお》い、あの大《おお》きな手《て》の温《あたた》かさを思《おも》いながら、バルサは目《め》をつぶった。

(……わたしは。)

あの子《こ》に、ああいう温《あたた》かさを、伝《つた》えられただろうか。

明日《あす》になれば、チャグムはカンバルの槍騎兵《そうきへい》を連《つ》れて、故国《ここく》へと旅立《たびだ》っていく。明日《あす》の朝《あさ》が、その顔《かお》を見《み》る最後《さいご》になるのだろう。

ともに駆《か》けぬけてきたすべてが胸《むね》に去来《きょらい》した。あのすべては、やがて、チャグムの中《なか》でも、自分《じぶん》の中《なか》でも、遠《とお》くなっていく。

それでも、チャグムもまた、こんな夜明《よあ》けの思《おも》いを、胸《むね》にいだく日《ひ》があるだろうか。


バルサは、目《め》をつぶったまま、小《ちい》さくほほえんだ。

十五のときには見《み》えなかったことが、いまは、たしかによく見《み》える。――けれど、三十を過《す》ぎたいまもまだ、見《み》えていないことは、たくさんある。

（……歯噛《はが》みし、迷《まよ》い、うちふるえ、暗《くら》い夜道《よみち》を歩《ある》きおる、あの日《ひ》の我《われ》に会《あ》えるなら、）

その耳《みみ》に、なんとささやこう。


どこかで、鋭《するど》く、鷹《たか》が鳴《な》いた。

うす青《あお》い夜明《よあ》けの空《そら》へ舞《ま》いあがっていく鷹《たか》を思《おも》いながら、バルサはまた、短《みじか》い眠《ねむ》りに吸《す》いこまれていった。

ブレーメンバス

柏《かしわ》葉《ば》幸《さち》子《こ》

トキさんは、孫《まご》がもう使《つか》わなくなった大《おお》きなスポーツバッグをさげて階段《かいだん》をおりた。

六十もすぎると、四階《かい》までの階段《かいだん》ののぼりおりがひざにこたえる。エレベーターもない団地《だんち》のコンクリートの家《いえ》で暮《く》らすより、畑仕事《はたけしごと》をしているほうがよほど楽《らく》だ。そう思《おも》ったら、むしょうに自分《じぶん》の家《いえ》が恋《こい》しくなった。

トキさんは、孫《まご》の加奈《かな》が三歳《さい》、裕太《ゆうた》が一歳《さい》の時《とき》に息子夫婦《むすこふうふ》と同居《どうきょ》を始《はじ》めた。息子夫婦《むすこふうふ》は共働《ともばたら》きで、トキさんは、孫《まご》の世話《せわ》、家《いえ》のことと忙《いそが》しかった。息子《むすこ》は、

「いまに家《いえ》を建《た》てる。」

といったが、あれから十年《ねん》、家《いえ》は建《た》ちそうもない。孫《まご》たちも大《おお》きくなった。トキさんの用《よう》はなくなった。

用《よう》がなくなったからといって、家族《かぞく》からじゃまものあつかいされているわけでもない。今《いま》までどおり、仲良《なかよ》く暮《く》らしている。でも、ここで体《からだ》や頭《あたま》が動《うご》かなくなるのを待《ま》つより、

体《からだ》がつづくかぎり、田舎《いなか》の自分《じぶん》の家《いえ》で暮《く》らしたくなった。

田舎《いなか》の畑《はたけ》を貸《か》している山田《やまだ》さんから、地代《ちだい》がわりの野菜《やさい》が届《とど》いたせいかもしれない。売《う》りにだしてはみたが、田舎《いなか》の土地《とち》は買《か》い手《て》がつかないで、家《いえ》もトキさんが出《で》てきた時《とき》のままだった。山田《やまだ》さんが畑仕事《はたけしごと》の時《とき》、その家《いえ》でお昼《ひる》を食《た》べたり、昼寝《ひるね》をしたりしているらしい。夏《なつ》の今《いま》なら突然帰《とつぜんかえ》っても住《す》めないわけでもない。冬《ふゆ》までに、ゆっくり手《て》をいれればいいのだ。

「家《いえ》があって、よかった。」

トキさんは、真《ま》っ赤《か》なトマトにそういった。

明子《あきこ》さんは、いつもの自分《じぶん》のいすにすわってぼんやりしていた。掃除《そうじ》も洗濯《せんたく》も庭《にわ》の水《みず》やりもすんだ。明子《あきこ》さんは、クローゼットの中《なか》のカバンのことを考《かんが》えだした。

「どこかへ行《い》きたい。」

明子《あきこ》さんは、ここ何年《なんねん》とそうつぶやいていた。

「行《い》けばいいじゃないか。マダムたちさそって。」

夫《おっと》はそういう。

そりゃ、口《くち》うるさい夫《おっと》にうんざりしながら行《い》く夫婦《ふうふ》の旅行《りょこう》より、気《き》の合《あ》った女同士《おんなどうし》で行《い》く旅行《りょこう》のほうがよほど楽《たの》しい。でも、明子《あきこ》さんの行《い》きたい旅行《りょこう》は、そんな旅行《りょこう》ではないような気《き》がした。

「うん、行《い》こうよ。母《はは》と娘《むすめ》の旅《たび》って、はやってんのよ。神戸《こうべ》とか香港《ホンコン》もいいな。」

OL《オーエル》をしている娘《むすめ》はそういう。でも、それもちがうような気《き》がした。

「やだよ。勝手《かって》に行《い》けば。」

大学生《だいがくせい》の息子《むすこ》につきはなされて、明子《あきこ》さんは、そうだ、一人旅《ひとりたび》がしたいのだと思《おも》った。旅行《りょこう》の本《ほん》もいろいろ読《よ》んだ。パンフレットも集《あつ》めた。でも、行《い》きたいところがみつからなかった。

そしてやっと、どこでもいいことに気《き》がついた。この家《いえ》を出《で》ていける自分《じぶん》がいればそれでいいらしかった。家族《かぞく》も家《いえ》のことも、やりかけの何《なに》もかも放《ほう》り出《だ》して、旅《たび》に出《で》ていける自分《じぶん》を確《たし》かめたい。そして、何《なん》か月《げつ》も前《まえ》から予定《よてい》していた旅《たび》から帰《かえ》るように、またこの家《いえ》に帰《かえ》ってこれるのか確《たし》かめてみたいのだ。

明子《あきこ》さんは、クローゼットの中《なか》にカバンを用意《ようい》するようになった。春《はる》はブラウス、夏《なつ》はサンドレス、秋《あき》はカーディガン、冬《ふゆ》はセーターと、季節《きせつ》でカバンの中身《なかみ》を入《い》れかえるのが、明子《あきこ》さんの楽《たの》しみになった。

明子《あきこ》さんのいつものいすにすわれば、窓《まど》からバス停《てい》が見《み》える。明子《あきこ》さんの家《いえ》のある住《じゅう》宅街《たくがい》の後《うし》ろに、大《おお》きな団地《だんち》がある。そこから、バス路線《ろせん》の広《ひろ》い道路《どうろ》が出《で》ていた。朝夕《あさゆう》は通《つう》勤《きん》の車《くるま》やバスがひっきりなしに通《とお》るが、日中《にっちゅう》は思《おも》いだしたようにバスが通《とお》るだけだ。明《あき》子《こ》さんは、お昼《ひる》ちょうどに団地《だんち》を出《で》てくるバスにまにあえば、旅《たび》に出《で》ようと決《き》めていた。

朝《あさ》の家事《かじ》はなかなかすっきり終《お》わらない。電話《でんわ》があったり、人《ひと》がきたり。そして今日《きょう》みたいにお昼前《ひるまえ》に家事《かじ》が終《お》わっても、カバンのことを思《おも》いださない日《ひ》もあった。思《おも》いだしても、いすがおしりにはりついたみたいで、立《た》ちあがれない日《ひ》もあった。

でも今日《きょう》、明子《あきこ》さんはエプロンをとりながら立《た》ちあがっていた。いつもは誰《だれ》もいないバス停《てい》に人影《ひとかげ》が見《み》えたせいかもしれない。今《いま》、十一時《じ》五十分《ぷん》。バス停《てい》に行《い》く前《まえ》にバスがきたら、ひきかえせばいいのだ。家中《いえじゅう》の鍵《かぎ》をしめ、ガスの元栓《もとせん》を閉《し》め、外出用《がいしゅつよう》のワンピースに着替《きが》えると、カバンをひっぱりだした。

里美《さとみ》ちゃんは、大《おお》きなリュックをせおい水筒《すいとう》をさげて、バス停《てい》にいた。団地《だんち》のバス停《てい》でバスを待《ま》っていたら人目《ひとめ》につくと思《おも》って、ここまできていた。バスがそろそろきてもいい。陽炎《かげろう》のたつ道《みち》のむこうを見《み》つめていたら、目《め》がしわしわした。

「どこへ行《い》くの？　旅行《りょこう》？」

ベンチにすわっているおばあさんが声《こえ》をかけた。

「山形《やまがた》のおばあちゃんのところ。」

ふりむいた里美《さとみ》ちゃんの髪《かみ》がはねた。

「そう、一人《ひとり》で行《い》くの？　山形《やまがた》までなら遠《とお》いね。冒険旅行《ぼうけんりょこう》みたいなかっこうなわけだ。うちの孫《まご》たちもこれからは、私《わたし》の家《いえ》に遊《あそ》びにくるようになるんだわ。その時《とき》しか会《あ》えないのはさびしいね。」

声《こえ》をかけたのは、トキさんだった。トキさんも人目《ひとめ》につきたくなくて、ここまできていた。

トキさんは、すわったらとベンチをかるくたたいた。トキさんは、この女《おんな》の子《こ》に見覚《みおぼ》えがあった。となりに素直《すなお》にすわった女《おんな》の子《こ》のリュックに、桜台小学校《さくらだいしょうがっこう》、六年《ねん》、村下里《むらしたさと》美《み》と書《か》いてある。そうだ。孫《まご》の裕太《ゆうた》の同級生《どうきゅうせい》だ。トキさんは、

「私《わたし》、裕太《ゆうた》のおばあちゃんよ。」

と、いいかけたのをやめた。何《なに》か気《き》にかかることがあった。この子《こ》のことを裕太《ゆうた》からきい

たことがある。なんだっただろう。トキさんは思《おも》いだそうとした。

今年《ことし》の春《はる》だ。昼《ひる》すぎから大雨《おおあめ》になって、降《ふ》り止《や》まない日《ひ》だ。トキさんは、裕太《ゆうた》の学校《がっこう》まで、長靴《ながぐつ》と傘《かさ》を届《とど》けにいった。まだ授業中《じゅぎょうちゅう》だったので、トキさんは裕太《ゆうた》の靴箱《くつばこ》に長靴《ながぐつ》と傘《かさ》をおいて帰《かえ》ろうとした。その時《とき》、泣《な》きじゃくりながらお母《かあ》さんと帰《かえ》る女《おんな》の子《こ》を見《み》た。お母《かあ》さんも泣《な》いていたようだったので気《き》にかかった。

帰《かえ》ってきた裕太《ゆうた》に、そのことを話《はな》すと、

「里美《さとみ》だ。同《おな》じクラスなんだ。ばあちゃんが死《し》んだんだって。お母《かあ》さんがこれから山形《やまがた》へむかいますのでって、むかえにきたんだ。」

トキさんがつくった焼《や》きそばをほおばりながら、裕太《ゆうた》が教《おし》えてくれたのだ。

トキさんは、あの時《とき》、裕太《ゆうた》はたしかに山形《やまがた》っていったような気《き》がすると思《おも》った。聞《き》きまちがいだったろうか。おせっかいだと思《おも》いながらトキさんは、

「山形《やまがた》のおばあちゃんは、お父《とう》さんのほうのおばあちゃんなの?」

ときいていた。

「ううん。お母《かあ》さんのほう。お父《とう》さんのほうのおばあちゃんは、私《わたし》が生《う》まれる前《まえ》に死《し》んだの。だから私《わたし》、あったこともないんだ。」

里美《さとみ》ちゃんはそうこたえた。

この子《こ》、家出《いえで》をするところかもしれない。トキさんは、ポケットからおりたたんだ帽子《ぼうし》を出《だ》してかぶる里美《さとみ》ちゃんを見《み》た。

里美《さとみ》は家出《いえで》をするところだった。このおばあさんに、とっさに山形《やまがた》に行《い》くといったものの、山形《やまがた》のおばあちゃんはもういない。どこへ行《い》けばいいのかわからないでいた。とにかく、この町《まち》から、今《いま》の状況《じょうきょう》から逃《に》げだしたかった。

ここ一年《ねん》ほど、中学生《ちゅうがくせい》の不良《ふりょう》グループに目《め》をつけられていた。親《おや》や先生《せんせい》に相談《そうだん》しようと何度《なんど》も思《おも》った。でも、一度《いちど》そのグループにまじって万引《まんび》きをしていた。そのことがあって、なかなかいいだせないでいた。

里美《さとみ》の両親《りょうしん》はどちらも仕事《しごと》をしていて、帰《かえ》ってくるのは夜《よる》の七時《じ》すぎだ。夏休《なつやす》みは朝《あさ》から里美《さとみ》が一人《ひとり》でいることを知《し》られて、毎日《まいにち》、そのグループがしつこく家《いえ》にむかえにくる。居留守《いるす》をつかえば、電話《でんわ》がなりっぱなしだ。頭《あたま》がどうにかなってしまいそうだった。ことわっても、ことわっても、「もう、一度悪《いちどわる》いことしてるじゃん。」と、まとわりついてくる。

里美自身《さとみじしん》、ここでふんばらなきゃ、ずるずるあの仲間《なかま》になってしまいそうでこわいのだ。今《いま》はとにかく、逃《に》げることしか考《かんが》えられない。このおばあさんのいうとおり、冒険《ぼうけん》旅行《りょこう》だ。そして強《つよ》くなって帰《かえ》ってくるんだ。そして、親《おや》にこんなことをしてしまったと、素直《すなお》にいえるようになるんだ。そう決心《けっしん》していた。里美《さとみ》は家出《いえで》の荷物《にもつ》をつくって、ここまでやってきたことに満足《まんぞく》していた。とにかく、バス停《てい》までくる勇気《ゆうき》はあった。でも、この先《さき》どこに逃《に》げこめばいいのやら、不安《ふあん》でたまらなかった。

明子《あきこ》さんも、まあ私《わたし》、とうとうバス停《てい》まできたわと、自分《じぶん》におどろいていた。バスはまだこないらしい。ベンチに孫《まご》とおばあさんだろうか、二人《ふたり》、すわっている。

「バスは、おくれているみたいですよ。」

明子《あきこ》さんに気《き》がついたおばあさんが、席《せき》をつめた。

明子《あきこ》さんは、ちらりと自分《じぶん》の家《いえ》のある住宅街《じゅうたくがい》のほうを見《み》たが、

「ありがとうございます。」

と、ベンチにすわった。

ゆかりさんは、足《あし》をひきずるようにしてバス停《てい》にきた。暑《あつ》いからじゃない。具合《ぐあい》が悪《わる》いせいで冷《ひ》や汗《あせ》が出《で》る。ゆかりさんは、汗《あせ》をふきもしないでおなかをさわった。

俊夫《としお》とは一年《ねん》いっしょに暮《く》らしていた。楽《たの》しかった。でも、この頃《ごろ》けんかばかりしていた。ゆかりさんは、いっしょに暮《く》らしていればそんな時期《じき》もある、また、初《はじ》めて会《あ》った頃《ころ》みたいに仲良《なかよ》くなれると思《おも》いこんでいた。

アルバイト先《さき》のスナックで倒《たお》れて、病院《びょういん》へ運《はこ》ばれた。もしかしてと思《おも》っていたが、やはり妊娠《にんしん》していたらしい。流産《りゅうざん》しかかっているといわれて、二週間入院《しゅうかんにゅういん》してしまった。

俊夫《としお》は一日目《にちめ》に着替《きが》えを届《とど》けにきてくれたきりで、あとは顔《かお》をみせなかった。病院《びょういん》から電話《でんわ》しても、不機嫌《ふきげん》な声《こえ》がかえってくるばかりだ。ゆかりさんは、不安《ふあん》になった。

そして、今朝退院《けさたいいん》して帰《かえ》ったら、

「オレ、まだ二十一だぜ。おやじになるつもりなんてねえよ。産《う》みたいんなら、勝手《かって》にすればいいだろ。それに、ほんとにオレの子《こ》かよ。」

俊夫《としお》はもう、新《あたら》しい女友達《おんなともだち》に電話《でんわ》していた。

病院《びょういん》にいた時《とき》から覚悟《かくご》はしていたらしい。涙《なみだ》も出《で》なかった。こんなところにいたくないと、アパートをとびだしてきた。

ゆかりさんも、行《い》くあてがなかった。家《いえ》には父《ちち》と再婚《さいこん》した新《あたら》しい母親《ははおや》がいた。その母親《おや》とあわなくて、ゆかりさんは、高校《こうこう》の頃《ころ》から家《いえ》に帰《かえ》っていない。実《じっ》の父《ちち》だって、ゆかりさんをいらないものみたいな目《め》でみる。あんな家《いえ》に帰《かえ》るぐらいなら、公園《こうえん》のベンチでねる。二、三日《にち》なら、泊《と》めてくれそうな友達《ともだち》が一人《ひとり》いた。今日《きょう》はそこにころがりこもう。そして、これからどうしたいのかよく考《かんが》えよう。考《かんが》えなくても、ゆかりさんはどうしたいのか、本当《ほんとう》はもう決《き》めていた。流産《りゅうざん》しかかったのに助《たす》かった命《いのち》だ。この子《こ》は生《う》まれてきたいんだ。俊夫《としお》がいなくても、親《おや》がいなくても、ゆかりさんはもうひとりぼっちじゃない。この子《こ》がいるかぎり、一人《ひとり》にはならない。そう思《おも》ったら、なんでもできそうだった。ゆかりさんは、またおなかに手《て》をあてていた。おなかにいる赤《あか》ちゃんに、なんとかなるといいきかせるように。

ベンチにいたおばさんとおばあさんが、同時《どうじ》に腰《こし》をうかせた。

「顔色《かおいろ》が悪《わる》いわ。すわって。そうそう、私《わたし》、傘《かさ》もってるんだわ。傘《かさ》をさしたほうがいいわ。」

ワンピースのすそが地面《じめん》につくのを気《き》にもしないでしゃがみこんだおばさんが、カバンから傘《かさ》をとりだした。

「私《わたし》が立《た》ってます。」

リュックをせおった女《おんな》の子《こ》が、ぴょんと立《た》ちあがった。

「バス、まだきそうもないわよ。」

おばさんは、バスがくるほうと住宅街《じゅうたくがい》を見《み》くらべる。

「私《わたし》、ここにすわるから。」

女《おんな》の子《こ》は、バス停《てい》のコンクリートの台《だい》を指《ゆび》さした。

「やさしいのね。ありがとう。」

おばさんがベンチにすわると、女《おんな》の子《こ》は、

「女同士《おんなどうし》、助《たす》け合《あ》わなきゃ。」

と、大人《おとな》びた口調《くちょう》でいう。

真面目《まじめ》くさった女《おんな》の子《こ》の顔《かお》に、おばさんたちもゆかりさんも、ふっと笑《わら》ってしまった。

女《おんな》の子《こ》は、リュックをおろしてコンクリートの台《だい》にベンチのほうをむいてこしかけた。

それだけで、丸《まる》い輪《わ》になったような気《き》がした。

「よかったら、食《た》べませんか？　年《とし》よりは食《た》べ物《もの》をもって出《で》ないと、おちつかなくて。久《ひさ》しぶりで、家《いえ》に帰《かえ》るんです。ほったらかしにしてたから、台所《だいどころ》がつかえるかどうかわからなくて。夜《よる》の分《ぶん》もにぎってきたから、たくさんあるの。お昼《ひる》、すぎたもの。」

おばあさんが、おにぎりをとりだす。

「それじゃ、夜《よる》の分《ぶん》が。」

おばあさんがいいかけると、おばあさんは、

「この暑《あつ》さのことを考《かんが》えませんでした。これじゃ、夜《よる》までもちません。もったいないし、食《た》べて。」

と、アルミホイルにくるんだおにぎりを、くばりだした。

女《おんな》の子《こ》は、うれしそうにほおばっている。

ゆかりさんは、私《わたし》はいりませんと首《くび》をふった。

「食《た》べたくなくても、とにかく、食《た》べるの。」

おばさんがそういう。

「あとで吐《は》いてもいいんですから。少《すこ》しは、身《み》になるのよ。」

おばあさんがそういう。

ゆかりさんは、二人《ふたり》を見《み》くらべてしまった。まだ三か月《げつ》だ。おなかはめだっていないは

ずだ。

「そりゃ、わかりますよねぇ。あなたもう、お母《かあ》さんになっているもの。」

「ええ。おなかを無意識《むいしき》になでるでしょ。立派《りっぱ》なお母《かあ》さんよ。」

二人《ふたり》にそういわれて、ゆかりさんの目《め》に涙《なみだ》がにじんだ。赤《あか》ちゃんを初《はじ》めて気《き》づかってもらえた。お母《かあ》さんになったねと、初《はじ》めて祝福《しゅくふく》してもらえたような気《き》がした。うれしかった。

泣《な》きだしそうになるのをこらえて、おにぎりにかじりついた。のみこめそうもなかった。女《おんな》の子《こ》が、水筒《すいとう》をさしだしていた。


ゆらゆらたつ陽炎《かげろう》のなかを、バスがやってきた。

トキさんは、あのバスに誰《だれ》も乗《の》っていなければいいのにと思《おも》った。金色《きんいろ》に髪《かみ》を染《そ》めた妊《にん》婦《ぷ》さんのことも、里美《さとみ》ちゃんのことも気《き》にかかった。どこへ行《い》くつもりなのか、ききたかった。行《い》くところがないなら、私《わたし》の家《うち》へおいでって、さそってもいいと思《おも》っていた。

バスにほかの乗客《じょうきゃく》がいたら、この二人《ふたり》は、何《なに》もいわないだろうと思《おも》った。

明子《あきこ》さんも、この人《ひと》たちと別《わか》れがたかった。人《ひと》なつこい女《おんな》の子《こ》とも、おせっかいを上《じょう》手《ず》にやくおばあさんとも、何《なに》か事情《じじょう》のありそうな妊婦《にんぷ》さんとも、もう少《すこ》しいっしょにいたかった。

そして、バスには運転手《うんてんしゅ》さんだけが乗《の》っていた。このバスは、ブレーメンバスだったからだ。誰《だれ》も、ブレーメンバスのことを知《し》らない。でも、ブレーメンバスは、いろいろな町《まち》を走《はし》る。そして、乗客《じょうきゃく》をブレーメンにつれていく。

この夏《なつ》、トキさんの家《いえ》に、孫《まご》たちはこないかもしれない。でも、元気《げんき》のいい女《おんな》の子《こ》がトキさんといっしょに畑仕事《はたけしごと》をして真《ま》っ黒《くろ》になっていて、金髪《きんぱつ》がのびて黒《くろ》い髪《かみ》が半分《はんぶん》見《み》えてきた妊婦《にんぷ》さんが、就職《しゅうしょく》のためにパソコンを勉強《べんきょう》しながら野菜《やさい》をもりもり食《た》べていたり、日焼《ひや》けを気《き》にする上品《じょうひん》な奥《おく》さんが、虫《むし》をみつけてキャーキャー悲鳴《ひめい》をあげながら、トキさんの家《いえ》で掃除《そうじ》をしたり料理《りょうり》をしていたりするのだ。

解説

旅立ちは、いつか必《かなら》ずやってくる

児童文学評論家《じどうぶんがくひょうろんか》　藤田《ふじた》のぼる

「宇宙《うちゅう》のみなしご」は、とても印象深《いんしょうぶか》い文章から始まります。

ときどき、わたしの中で千人の小人たちがいっせいに足ぶみをはじめる。その足音が心臓《しんぞう》に響《ひび》くと、体中《からだじゅう》の血がぶくぶくと泡《あわ》を吐《は》くみたいに、熱《あつ》いものがこみあげてきて抑《おさ》えきれなくて、わたしはいつもちょっとだけ震《ふる》える。

僕《ぼく》はこの作品が出た時はすでに四十代半《だいなか》ばでしたが、こういう感じ、確《たし》かにあったなあと、まざまざと昔《むかし》？を思い出してしまいました。それは中学生、高校生のころの感覚《かんかく》だったと思います。千人の小人たちの足踏《あしぶ》み、体中の血がぶくぶくと泡を吐く……、でも表《おもて》に出る動作としては「ちょっとだけ震える」なのです。なんだかわからないが自分の中から突《つ》き動かされるものがある、でもどうしたらいいかわからない、その確かさとあてのなさの狭間《はざま》でウロウロしていた日々。誰《だれ》にも覚《おぼ》えがある感覚なのではないでしょうか。

主人公の陽子《ようこ》は中学二年生。中学生活がんばろうという一年生でもなく、ともかくも受験《じゅけん》を目標《もくひょう》にできる三年生でもなく、宙《ちゅう》ぶらりんの中学二年生。しかも陽子は、まわりが決めてくれる枠組《わくぐ》みに自分を合わせていくことがとても苦手《にがて》で、その枠組みを自分自身が作ってはこわし、作ってはこわし、というタイプですから、こうした少女が日常《にちじょう》を生きていくことの大変《たいへん》さは、察《さっ》するに余《あま》りあります。しかし神様は（いや、両親は）、陽子に年子《としご》の弟のリンという贈《おく》り物《もの》をくださいました。リンもまた定《さだ》められた枠組みに自《みずか》らを合わせていくタイプではありませんが、リンがいることで固《かた》い枠組みも少し柔《やわ》らかくなるというか、そんな不思議《ふしぎ》さを備《そな》えた少年です。なんという絶妙《ぜつみょう》な組み合わせ。この物語は、この最強《さいきょう》のチームだったら、もしかして自分自身をまげることなく、なんとか世の中と渡《わた》り合《あ》っていけるのではないか、そうした「実験《じっけん》」とでもいうか、チャレンジの物語のように思います。そんなことが果《は》たして可《か》能《のう》なのかどうか――、中学生の読者《どくしゃ》から見て、そんなワクワク感《かん》があるのではないでしょうか。

二人《ふたり》が新《あら》たに発見した「屋根のぼり」という〝遊び〟。あえて解釈《かいしゃく》すれば、自分が住んでいる世界を、まったく違《ちが》う視点《してん》から眺《なが》めることのできる冒険《ぼうけん》であり、言葉《ことば》で説明《せつめい》できるような理由《りゆう》がない分、あえて言えば自己満足的《じこまんぞくてき》、究極《きゅうきょく》の個人的《こじんてき》な行為《こうい》ともいえます。そうした個人的な行為のすばらしさを分かち合うことのできる陽子とリンの絆《きずな》の深さを改《あらた》めて実感《じっかん》しますが、だからこそ、そこに七瀬《ななせ》さんが加《くわ》わろうとしたときの陽子の違和感《いわかん》や、キオスクに対して説明しなければならなくなったときの困惑《こんわく》が、よくわかります。

そして、物語の最後、ここで初《はじ》めてタイトルの「宇宙《うちゅう》のみなしご」の意味が明かされます。「一番しんどいときはだれでもひとり」。でも、だからこそ、「手をつないで、心の休憩《きゅうけい》ができる友達《ともだち》が必要《ひつよう》」。こう書いてしまうと、わりあい普通《ふつう》のメッセージのようにも思えますが、作品の始まりからここまで陽子の日々に心を寄《よ》せてきた読者《どくしゃ》にとっては、深く納得《なっとく》できるラストではないでしょうか。

作者の森絵都《もりえと》は、二〇〇六年に『風に舞《ま》いあがるビニールシート』で、第百三十五回直木賞《なおきしょう》を受賞《じゅしょう》するなど、小説家《しょうせつか》としてのイメージが今は強いですが、もともとのデビューは児童文学《じどうぶんがく》で、映画化《えいがか》もされた『カラフル』『DIVE!!《ダイブ》』、そして幼年向《ようねんむ》けの『にんきもののひけつ』など、多彩《たさい》な作品があります。本作『宇宙《うちゅう》のみなしご』は、作者にとっては比較的初期《ひかくてきしょき》の作品ということになりますが、現代《げんだい》の中学生の心模様《こころもよう》を見事《みごと》に描《えが》いた佳作《かさく》として、その輝《かがや》きは今も失《うしな》われていません。中学生向けの近作としては、中学一年生の一年間を、二十四人のクラスメイトたちすべてが語る物語として二十四章にまとめた『クラスメイツ』〈前期〉〈後期〉の二巻《かん》があります。

さて、その次の「十五の我《われ》には」は、上橋菜穂子《うえはしなほこ》の「守り人《もりびと》」シリーズの番外編《ばんがいへん》として出された『炎《えん》路《ろ》を行く者』に収録《しゅうろく》された作品です。このシリーズについては、今さら説明《せつめい》の必要《ひつよう》もないでしょうが、一九九九年刊《かん》の第二作『闇《やみ》の守り人』で日本児童文学者協会賞《にほんじどうぶんがくしゃきょうかいしょう》を受賞するなど、数々《かずかず》の受賞歴《じゅしょうれき》を誇《ほこ》ります。そして、二〇一六年からの綾瀬《あやせ》はるか主演《しゅえん》によるNHKのテレビドラマ化で、日本発《にほんはつ》の代表的《だいひょうてき》なファンタジーとして認知度《にんちど》を高めました。全十巻《ぜんかん》の本編《ほんぺん》に加《くわ》えて、番外編として他に『流れ行く者』があります。こうしたスピンオフ作品の中には、『炎路を行く者』のもう一つの収録作品「炎路《えんろ》の旅人《たびびと》」のように、作中の脇役《わきやく》（ここではタルシュ帝国《ていこく》の密偵《みってい》となったヒュウゴ）を主人公としたサイドストーリー的なものもありますが、本作は、本編の主役であるバルサが主人公で、いわば本編の〝隙間《すきま》〟を埋《う》める物語といえます。

この物語の〈今〉は、シリーズの大詰《おおづ》め『天と地の守り人』第二部の最後と重なります。そこでバルサは、翌日兵《よくじつへい》を率《ひき》いて戦地《せんち》に赴《おもむ》くチャグムを気づかいながら、自身が十五歳《さい》のときのできごとに思いを馳《は》せます。バルサにそうした回想をさせたのは、この地カンバルが彼女《かのじょ》の故郷《こきょう》であることも、あるいは作用《さよう》していたかもしれません。ここで語られるエピソードは、バルサにとってはおそらく人生のターニングポイントとなったできごとで、それは一つには用心棒《ようじんぼう》として闘《たたか》うことがいかに過酷《かこく》なことなのかを思い知ったということであり、同時にジグロの持つ愛《あい》の奥深《おくふか》さを思い知らされたという意味で、バルサはここから大人《おとな》への一歩《ぽ》を踏《ふ》み出《だ》したのではないでしょうか。そしてこの物語は、バルサとチャグムが何故《なぜ》にかくも過酷な運命《うんめい》と向き合わなければならないのか、だからこそ二人《ふたり》の絆《きずな》がどれだけ深いものかという、おそらく作者がこのシリーズを通してずっと抱《かか》えつづけてきた問《と》いが、凝縮《ぎょうしゅく》された作品だと思うのです。その意味で、このシリーズの読者にとっては、本編《ほんぺん》の大事な舞台裏《ぶたいうら》を見せてもらえたようなうれしさを感じることのできる作品でもあるのではないでしょうか。

　そして、三つ目に置《お》いた「ブレーメンバス」は、僕《ぼく》の大変好《たいへんす》きな作品でもあります。作者の柏葉幸子《かしわばさちこ》は、宮崎駿《みやざきはやお》に「千《せん》と千尋《ちひろ》の神隠《かみかく》し」のインスピレーションを与えた『霧《きり》のむこうのふしぎな町』など、多くの長編《ちょうへん》ファンタジーで親《した》しまれていますが、本作のような短編《たんぺん》にも切《き》れ味鋭《あじするど》いものがあります。特に本作が収録《しゅうろく》された『ブレーメンバス』（つまり、本作は短編集の表題作《ひょうだいさく》でもあります）や姉妹《しまい》作《さく》ともいえる『ミラクル・ファミリー』は、内外《ないがい》の昔話《むかしばなし》をモチーフとした、独特《どくとく》の味わいをもった短編集です。

　団地《だんち》からちょっと離《はな》れたバス停《てい》に行き合わせた四人の女性《じょせい》たち。孫《まご》たちとの暮《く》らしからもういちど一人暮《ひとりぐ》らしにもどろうと決心したトキさんは、そこでとんでもないことを思いつきます。果《は》たしてトキさんの思いが通《つう》じたように、やってきたのは乗客《じょうきゃく》のいないバス、なんとブレーメンバスだというのです。これはもちろん、主人たちから見捨《みす》てられた動物たちが、泥棒《どろぼう》たちを追い出して住む家をゲットする、グリム童話《どうわ》の「ブレーメンの音楽隊《おんがくたい》」が下敷《したじ》きになっているわけですが、なんと軽《かろ》やかで、そしてなんと励《はげ》ましに満《み》ちた物語でしょう。作者は盛岡市在住《もりおかしざいじゅう》で、二〇一五年に東日本大震災《だいしんさい》を題材《だいざい》にした長編《ちょうへん》ファンタジー『岬《みさき》のマヨイガ』を刊行《かんこう》しましたが、「ブレーメンバス」と重なるモチーフが見えていて、こちらもぜひおすすめします。

さて、長さからいえば、長・中・短という三つの作品を収録《しゅうろく》した本巻《ほんかん》。中学生の陽子《ようこ》、三十を超《こ》えたバルサ（十五歳《さい》という年代《ねんだい》もかぶりますが）、そしておばあさんという年代のトキさんと、主人公たちの年齢《ねんれい》もずいぶん異《こと》なっています。しかし、人はいつでも旅立つことができるし、そして多分《たぶん》、そうしなければ何も始まらないのだ、というメッセージがそれぞれの作品から伝《つた》わってくるのではないでしょうか。

あなたの心の中の「旅立ちたい」というささやきに耳をかたむけよう、千人の小人たちやブレーメンバスがきっと助けてくれる、そしてジグロのようにじっとあなたを見守ってくれている人がいるという、そんな思いがあなたの心に少しでも芽生《めば》えたら、ここに収録された物語たちは、きっと喜《よろこ》んでくれるに違《ちが》いありません。

著者紹介

森 絵都　もり・えと

一九六八年、東京都で生まれる。

一九九〇年『リズム』で第三十一回講談社児童文学新人賞、一九九五年『宇宙のみなしご』で第三十三回野間児童文芸新人賞、第四十二回産経児童出版文化賞ニッポン放送賞、二〇〇六年『風に舞いあがるビニールシート』で第百三十五回直木賞受賞。作品に『みかづき』（集英社）、『クラスメイツ』（偕成社）、『希望の牧場』（岩崎書店）などがある。東京都在住。

上橋菜穂子　うえはし・なほこ

一九六二年、東京都に生まれる。

一九九二年『月の森に、カミよ眠れ』（偕成社）で第二十五回日本児童文学者協会新人賞、二〇〇〇年『闇の守り人』（偕成社）で第四十回日本児童文学者協会賞、二〇一五年『鹿の王』（角川書店）で第十二回本屋大賞、二〇一四年国際アンデルセン賞作家賞受賞。作品に『狐笛のかなた』（理論社）、『獣の奏者』（講談社）、「守り人」シリーズ（偕成社）などがある。神奈川県在住。

柏葉幸子　かしわば・さちこ

一九五三年、岩手県に生まれる。

一九七六年『霧のむこうのふしぎな町』で第九回日本児童文学者協会新人賞、二〇一〇年『つづきの図書館』で第五十九回小学館児童出版文化賞、二〇一六年『岬のマヨイガ』で野間児童文芸賞受賞。作品に『竜が呼んだ娘』（朝日学生新聞社）、『帰命寺横丁の夏』（講談社）などがある。岩手県在住。

日本児童文学者協会創立七十周年記念出版

「児童文学　10の冒険」刊行に寄せて

児童文学というジャンルは、大人の作者が子どもの読者に向けて語る、というところに特徴があります。そのため、時に押しつけがましく語り過ぎたり、時に大人の側の独りよがりになってしまったりするようなことも、なしとはしません。ただ、そこに児童文学を書くことの難しさやおもしろさもあり、わたしたちは読者である子どもたちと、そして自身の中にある「子ども」とも心の中で対話しながら、さまざまな作品を書き続けてきました。

このシリーズは、児童文学の作家団体である日本児童文学者協会が創立七十周年を迎えたことを記念して企画されました。先に創立五十周年記念出版として刊行された『『心』の子ども文学館』（全二十四巻、日本図書センター刊）に続くものです。協会が創立されたのは太平洋戦争敗戦後まもない一九四六年のことで、その時代とはもとより、『『心』の子ども文学館』が刊行された二十年前に比べても、大人と子どもとの関係は大きな変化を見せ、児童文学もさまざまに変貌しています。

主に一九九〇年代以降の、日本児童文学者協会の文学賞（協会賞・新人賞）の受賞作品や受賞作家の作品、そして同時代の他の文学賞の受賞作家の作品、長編と短編を組み合わせて一巻ずつを構成したこのシリーズを、わたしたちは、「児童文学　10の冒険」と名づけました。「希望」が語られにくい今の時代の中で、大人と子どもがどのようにことばを通い合わせていくことができるのか。それはまさに「冒険」の名に値する仕事だと感じているからです。

今子ども時代を生きている読者はもちろん、かつて子どもであった人たちも、本シリーズに収録された作品たちを手掛かりに、それぞれの冒険の旅に足を踏み出せるよう願っています。

日本児童文学者協会「児童文学　10の冒険」編集委員会

出典一覧

森　絵都『宇宙のみなしご』（角川文庫）
上橋菜穂子『炎路を行く者』（偕成社）
柏葉幸子『ブレーメンバス』（講談社）

「児童文学　10の冒険」編集委員会
津久井　惠・藤田のぼる・宮川健郎・偕成社編集部

装　画……牧野千穂
造　本……矢野のり子（島津デザイン事務所）

児童文学 10の冒険

旅立ちの日

発行 二〇一八年三月 初版一刷

編者 日本児童文学者協会

発行者 今村正樹

発行所 株式会社偕成社
〒一六二−八四五〇 東京都新宿区市谷砂土原町三−五
電話〇三−三二六〇−三二二一（販売部）
〇三−三二六〇−三二二九（編集部）
http://www.kaiseisha.co.jp/

印刷 三美印刷株式会社

製本 株式会社 常川製本

NDC913 271p. 22cm ISBN978-4-03-539720-5
©2018, Nihon Jidoubungakusha Kyoukai
Published by KAISEI-SHA. Printed in Japan.

乱丁本・落丁本はおとりかえいたします。
本のご注文は電話・ファックスまたはEメールでお受けしています。
電話〇三−三二六〇−三二二一 ファックス〇三−三二六〇−三二二二
e-mail : sales@kaiseisha.co.jp